Odile

MUSÉE DES CONFLUENCES

À la confluence du Rhône et de la Saône, une pointe de terre ouvre aux horizons, le musée des Confluences s'ancre dans le territoire et, tant par sa forme que son discours, il met en dialogue les sciences pour comprendre l'histoire du vivant et de l'humanité.

Le concept développé par l'agence autrichienne Coop Himmelb(l)au repose sur l'idée de construire un musée qui n'entrave pas l'accès à la nature mais constitue un passage des éléments bâtis vers celle-ci. L'architecture matérialise ainsi cet équilibre entre le dedans et le dehors, entre le présent et l'histoire, entre nature et culture. D'une grande fonctionnalité, son architecture s'adapte à l'accueil des publics comme à la conservation et la présentation des collections. En plus du socle, sur lequel le musée des Confluences repose comme un pont sur ses piles, deux éléments distincts le composent. Baigné de lumière, le Cristal, son hall monumental, s'ouvre vers la cité en invitant à la visite. Le Nuage abrite le parcours permanent et les expositions temporaires. De l'extérieur, le musée ne présente pas de façade principale mais autant de facettes, qui selon les points de vue façonnent une silhouette singulière, fluide et mouvante.

RÉCITS D'OBJETS

Une collection dirigée par Hélène Lafont-Couturier et Cédric Lesec

Le musée des Confluences de Lyon a pour ambition de raconter l'histoire de l'humanité et du vivant en faisant dialoguer sciences naturelles et sciences humaines. Ses plus de deux millions d'objets stimulent l'imaginaire. Le projet de cette collection est d'inviter des écrivains à s'en saisir comme matière de leurs récits. Gageons qu'elle incite les visiteurs du musée à rêver à leur suite.

À LA POINTE

PIERRIC BAILLY

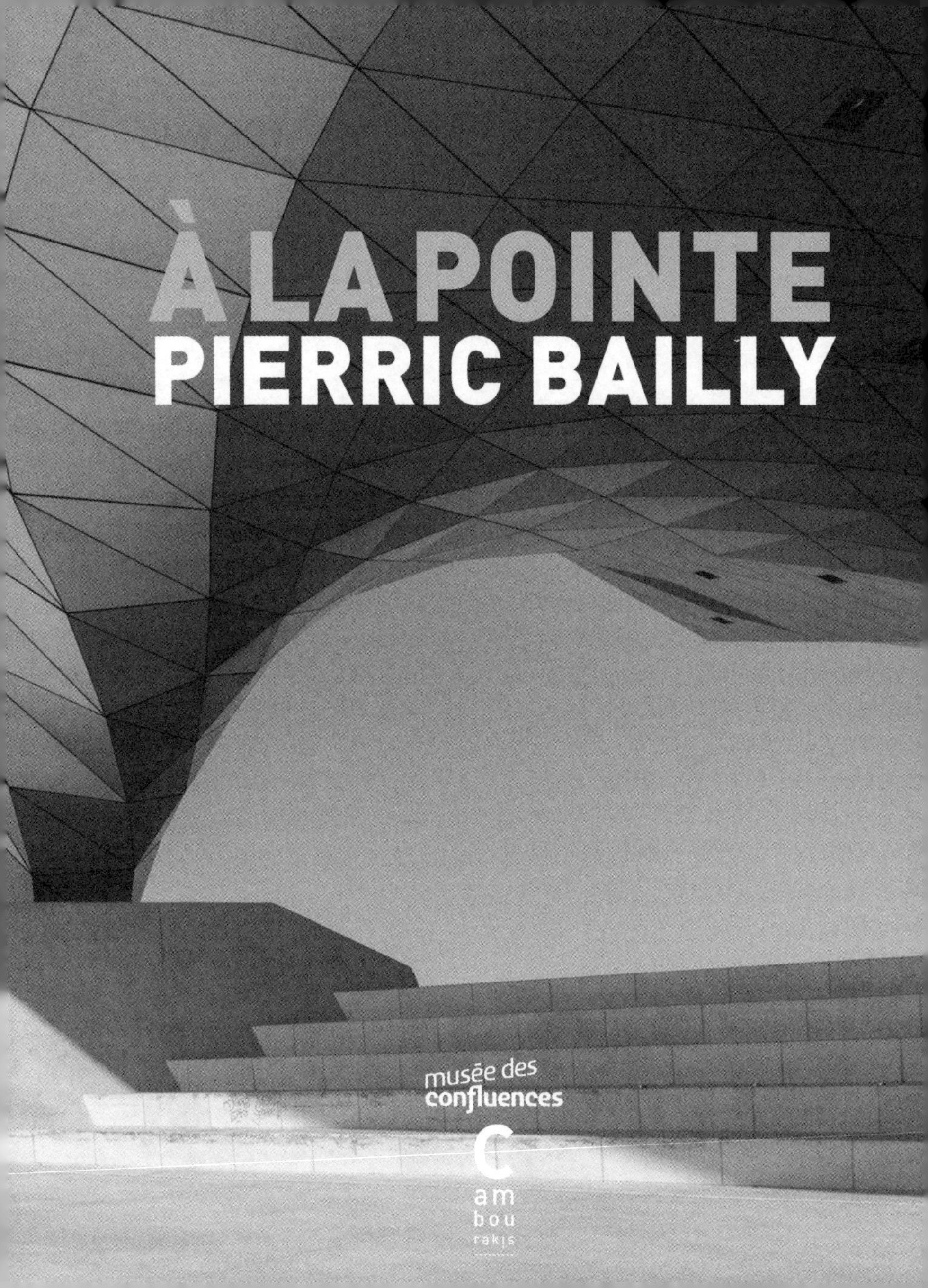

musée des confluences

Cambourakis

Photo de couverture : © Maxime Brochier
Reproduction de l'objet : © Olivier Guerrin

Avant de commencer ma petite enquête, je l'acceptais comme une forme abstraite sur laquelle chacun projette ce qui lui chante, et dans l'idée de ce texte à écrire, je m'imaginais collecter les différentes interprétations en même temps que les différentes appréciations que ce drôle de bâtiment inspire au visiteur comme au simple promeneur. Dès la première prise de contact avec l'équipe du musée, je me lance : « Qu'est-ce qu'il vous évoque, à vous ? » Et voilà qu'on me donne la bonne réponse, celle qui a été avancée par les architectes comme étalon, comme idée directrice. J'apprends qu'il représente quelque chose de précis, qu'il a un modèle, un modèle concret. Qu'il s'agit d'une forme figurative, même si très libre dans sa traduction, mais qu'elle possède un référent dans le réel.

Faut-il s'arrêter là pour autant ? Faut-il s'interdire toute divagation personnelle, toute trahison du sens originel ? Oh, ce serait tellement triste.

Mais au moins c'est dit, c'est posé : au nord, la partie vitrée a été envisagée comme un cristal ; au sud, la partie opaque, pourtant assez anguleuse, comme un nuage.

Et ce n'est pas du tout ce que voit Joël, que je me permets d'interrompre dans sa promenade quotidienne : « Moi, je l'ai toujours vu comme un gros crapaud, un crapaud qu'on aurait perforé avec un pieu, un bâton, un pic, n'importe, d'où le trou qu'il arbore dans la tête, ce puits de gravité, comme ils appellent ça, et qui m'apparaît plutôt comme une plaie… »

Une plaie suintante, aujourd'hui, puisqu'il tombe des cordes. Le ciel est au diapason de l'édifice, gris métallisé. Je salue Joël, qui poursuit son chemin après s'être allumé une nouvelle cigarette, et je m'approche un peu plus de la bête.

Sans quitter des yeux son cuir strié telle une peau de crocodile, hachuré comme on dit en BD, quadrillage d'écailles en verre devant, en métal derrière. Agrégation de quadrilatères, majorité de parallélogrammes, amas de triangles par endroits, équilatéraux pour certains, spécialement en bordure du puits de lumière, justement. Je traverse au feu rouge, me voici maintenant à ses pieds.

Le bâtiment est cerné d'une vaste surface en béton brut. Je le contourne par la gauche et emprunte un escalier pour aller me réfugier sous son abdomen surélevé, à l'abri, au sec.

C'est peu dire que la masse est imposante. Soutenue par une dizaine de poteaux compacts, dont aucun n'est vraiment d'aplomb. C'est ce qui me frappe en premier : l'absence quasi totale d'angles droits. Tout est un peu de traviole. Même une simple rampe d'escalier est une ligne brisée.

Nuque cassée, tête en arrière, je m'arrête sur ces ouvertures carrées qui accueillent des spots lumineux, comme les sabords dans les flancs des bateaux de pirates, par lesquels on sortait les canons. Je remarque aussi ces petites nacelles greffées à l'édifice, dont je me demande à quoi elles peuvent bien servir. Plus je prends conscience de la complexité de l'ensemble et plus les questions surgissent. La plus évidente : combien de facettes le bâtiment comporte-t-il ? Quelqu'un, d'ailleurs, le sait-il ? Est-ce même possible d'en faire le décompte exact ? On peut aussi se demander combien il comporte d'angles, d'arêtes, de pointes, de coins, d'embranchements ; on aurait de quoi y passer quelques journées et quelques nuits. Combien de plaques opaques et combien de vitres, combien de boulons et combien de vis, combien de kilos de béton ? Combien de mètres de hauteur et combien de mètres carrés ? Combien de nuances de gris, tiens, celle-là, elle est ardue. Bon, il va falloir que je me renseigne un peu.

En même temps, est-ce que ça m'intéresse vraiment ? Des listes de nombres et de données techniques, je crois que je serais le premier à trouver ça barbant.

Non, ce qui m'intéresse, en plus des interprétations qu'il suscite, c'est l'usage que certains en font. Car je suis loin d'être seul sous mon nuage de métal. Les autres y sont peut-être plus indifférents. Disons que leur rapport au bâtiment est plus utilitaire.

Ils ne sont pas là pour déambuler le nez en l'air, eux.

Ils dansent, ils prennent l'apéro, ils font du yoga ou du skate.

Un jeune homme enchaîne les figures, se loupe, se vautre sur le béton brut, tente un nouveau saut spectaculaire par-dessus un escalier d'une dizaine de marches. Puis il rejoint son sac à dos, en sort une bouteille de jus d'orange. J'en profite pour lui demander l'heure.

Élias m'apprend qu'un certain Aurélien Giraud l'a réussi, ce saut-là, de quinze marches exactement. Aurélien Giraud est une star mondiale du skate, et c'est un Lyonnais. Élias évoque Lyon 25, un escalier de vingt-cinq marches à la Cité internationale, un spot mythique. Tout simplement le plus grand nombre de marches jamais avalées d'un seul bond, avec réception sur la planche, évidemment. Le seul à l'avoir réussi est un Américain de Phoenix, un dénommé Jaws. Tous les autres avant lui y ont laissé des chevilles, des tibias, ou bien ont été évincés par les agents de sécurité.

Au musée, la sécu les laisse tranquille. L'endroit est qualifié par Élias de skate-friendly, même s'il regrette l'installation, sur certaines marches et certaines rampes, de pièces dissuasives en alu scellées dans le béton brut, qu'on appelle tout bêtement des anti-skate.

« Mais pourquoi tu me poses toutes ces questions ? Tu veux te mettre au skate, toi ? »

Je lui explique ce qui m'amène ici. Je lui parle de cette collection de bouquins qui consiste, pour les auteurs invités, à écrire un texte à partir d'un objet du musée, et j'ajoute qu'en tant que Lyonnais, j'ai décidé de choisir le musée comme objet.

Élias m'avoue que pour lui, le musée a toujours fait partie du paysage. Car il n'a que quinze ans. Je lui en donnais facilement dix de plus – je précise que le môme mesure une tête de plus que moi.

« J'ai dû le visiter une vingtaine de fois. Avec l'école, avec le collège, et même avec le centre aéré. On pique-niquait autour. On n'a même pas eu besoin de s'habituer, on a toujours connu ce bâtiment. Il me fait penser à un vaisseau spatial, genre le vaisseau d'*Avengers*. Mais ça dépend d'où tu le regardes. Parfois on dirait un navire de guerre, un cuirassé. Ou un animal, celui qui aspire les fourmis avec sa trompe. C'est ça, oui, un fourmilier. »

C'est bien vu, le coup du fourmilier. Un tamanoir, aussi. Qu'on appelle tamandua en Amérique centrale. Un tapir. Selon l'angle où on se place.

Je remercie Élias et recule de quelques mètres. Un tatou. Une grosse loutre. Puis je redescends du socle en béton et voilà qu'il prend l'allure d'un sanglier, d'un blaireau.

Ce n'est donc pas le nuage qui, sous l'effet du vent, change de forme, c'est nous qui, en tournant autour, modifions l'aspect du nuage.

Contrairement à Élias, je ne suis pas un vrai gone. J'ai emménagé à Lyon en août 2010. Ma grand-mère maternelle approchait les soixante-quinze ans, elle vivait à Saint-Étienne. À cette époque-là, elle commençait à décliner sérieusement et je lui rendais visite au moins une fois par semaine.

Pour aller à Saint-Étienne, je rejoignais l'A7 au niveau de la gare Perrache, et juste avant de franchir le pont de La Mulatière, je jetais toujours un œil intrigué à cet immense chantier dont je ne pouvais imaginer la finalité. En tant que nouvel arrivant, j'ignorais tout du projet.

Au fur et à mesure de l'avancée des travaux, différentes hypothèses voyaient le jour. Il y avait cette vaste clôture bleue au centre de laquelle on semblait creuser, et l'idée d'un parking souterrain m'a traversé, ou même d'une piscine, un centre aquatique à la jonction des deux fleuves, ça me paraissait une piste concevable. En découvrant une longue file de camions-toupies déversant les uns après les autres leur chargement de ciment liquide, j'ai pensé à une enceinte bétonnée, type stade de foot. Puis j'ai assisté à l'installation de la charpente métallique, cet entremêlement de poutres d'acier courbées qui jaillissaient du sol comme une plante grimpante tentaculaire, c'était fou et fascinant. La suite a consisté en un interminable puzzle, où il s'agissait de combler chaque ouverture, côté nord par une vitre transparente et côté sud par une plaque opaque en inox.

Je ne sais plus ni quand ni comment j'ai appris que le bâtiment abriterait un musée. Ma grand-mère est morte fin 2013, un an avant son ouverture. Depuis son enterrement, je n'ai plus jamais mis les pieds à Saint-Étienne. Désormais, quand je prends l'A7, c'est pour aller voir des cousins à Marseille ou ma sœur à Montpellier. Mais la plupart du temps, quand je sors de Lyon, c'est pour aller dans le Jura.

Si ma mère est originaire de Saint-Étienne, mon père, lui, était jurassien. Le fief familial s'appelle Clairvaux-les-Lacs, c'est un petit village d'un peu plus de mille habitants, pourvu de deux lacs naturels. Au néolithique, c'est-à-dire il y a six mille ans, des maisons sur pilotis se sont implantées sur leurs rives. Les premières traces de ces cités lacustres ont été découvertes il y a un peu plus de cent ans, et depuis, des vestiges d'une très bonne qualité de conservation ont été exhumés : poteries, outils, armes, ossements, fragments de vêtements en fibres d'écorce de tilleul. Mais le plus spectaculaire a été la mise au jour des poteaux en chêne et en frêne qui soutenaient les habitations au-dessus de l'eau. Ainsi, on a pu situer précisément ces villages, et on a compris qu'ils étaient souvent bâtis sur des presqu'îles. De cette façon, ils étaient naturellement défendus sur trois côtés. Une forte palissade terminait d'isoler l'ensemble, et l'accès s'effectuait par un chemin de planches qui surplombait un terrain mou et spongieux – chemin d'une longueur d'à peu près soixante mètres, qui correspondait à une portée de flèche. Aujourd'hui, c'est aux maisons sur pilotis des lacs de mon enfance que me ramène cette construction étrange et provocatrice qui marque désormais l'entrée de Lyon par le sud. Du fait de ces énormes poteaux en soutien du nuage, et du fait de sa situation.

Ici aussi, on est cerné par les eaux, et donc un peu coincé. Depuis le musée, on ne peut pas aller où l'on veut, ce qui est plutôt rare quand on se trouve en ville. N'importe où ailleurs, les possibilités d'échappatoire sont presque infinies. À la pointe, on est acculé. C'est une sorte de cul-de-sac, le type d'endroit où il vaut mieux ne pas s'engager si l'on est poursuivi par la police – ou par des truands, des bandits, des arsouilles, enfin, vous m'avez compris. Mais c'est quand même un cul-de-sac ouvert, on peut toujours se jeter à l'eau, et il n'est pas nécessaire d'être un champion de natation pour traverser dans leur largeur un fleuve ou l'autre.

Car oui, on a le choix.

On sait qu'ils sont deux à couper la ville – même si la Saône est en réalité une rivière, mais tout le monde à Lyon parle des deux fleuves. Et c'est ici qu'ils se rejoignent. C'est ici que les eaux vertes de la Saône se mêlent aux eaux bleues du Rhône.

Dans l'idée d'une traversée à la nage, il est quand même préférable d'opter pour la Saône. Sa pente est plus douce que celle du Rhône et son courant est forcément plus lent, mais ses eaux sont plus polluées, du fait justement de son faible débit. Ce qui ne retient pas les pêcheurs de s'essayer alternativement dans l'un ou l'autre des deux cours d'eau.

Pendant les quatre mois que dure ma petite enquête, j'en croise un certain nombre, des jeunes et des vieux, presque toujours des hommes, qui taquinent le carnassier : brochets, perches rayées, sandres. À la cuiller, au leurre et plus rarement au vairon. Pour la plupart d'entre eux c'est de la pêche loisir, c'est-à-dire qu'ils pratiquent le no-kill : le poisson est systématiquement relâché. Mais l'objectif reste d'attraper le plus gros spécimen. Chaque prise est mesurée et les plus belles sont photographiées – quand la partie n'est pas carrément filmée à la go-pro sanglée sur le torse, au niveau du plexus solaire.

« La semaine dernière mon voisin a sorti un brochet de quatre-vingts centimètres, me dit Émile. J'ai sorti une perche de trente, avant-hier. Cet après-midi, je n'en ai attrapé qu'une seule, une petite, de la taille de la main. »

Et puis on en vient toujours à parler du silure, ce monstre d'eau douce à l'allure de poisson-chat, qui peut atteindre facilement les deux mètres de long et dépasser les cent trente kilos. Il y a des spécialistes, des hommes et aussi quelques femmes qui ne s'intéressent qu'à ça, ferrer le dragon du fleuve. Émile ne se qualifie pas comme un pêcheur de l'extrême, les combats sportifs et interminables, c'est pas son truc. Dans un sourire, il me lâche : « C'est plus de mon âge. Si je veux voir des grosses bestiasses, j'emmène mes petits-enfants là-bas. » Et il désigne, juste en face de nous, côté Saône, l'Aquarium de Lyon.

En termes de construction, on peut dire qu'ils ne se sont pas foulés, eux. Un gros bloc rectangulaire à la surface duquel s'étend une immense image qu'on dirait extraite du *Monde de Nemo*.

« Ils ont une sacrée fosse à requins », me dit Émile.

J'acquiesce d'un hochement de tête. Je connais, j'y suis allé avec mes filles.

« J'aurais une dernière question, si ça ne vous dérange pas…

– Allez-y.

– Ces vieux rails, là, vous savez à quoi ils servaient ? »

C'est la question que je leur pose à tous, pas seulement aux pêcheurs mais à chaque personne que je croise quand je pousse jusqu'ici, au bout du bout de la presqu'île, cet endroit précis où la Saône prend fin. Un quai pavé pénètre lentement dans l'eau, et en son centre se détache une vieille paire de rails rouillés.

Émile hausse les épaules : « Aucune idée. Il faudrait demander à mon voisin Jean-Pierre, il connaît toute l'histoire du quartier. Vous voulez que je l'appelle ? »

Jean-Pierre ne répond pas. Je confie mon 06 à Émile, qui le transmettra.

Trois jours plus tard, sept heures du matin, coup de fil de Jean-Pierre.

Rendez-vous est pris dès le lendemain, devant le musée.

Il arrive sur un de ces machins pliants à petites roues avec lequel je m'imagine mal arpenter les forêts du Jura. Ni un sourire, ni même un petit bonjour, il n'a pas l'air commode, dis donc. Mais il ne rechigne pas à se raconter.

C'est un ancien boucher. Tout de suite il évoque les abattoirs de la Mouche dans la halle Tony-Garnier, de l'autre côté du Rhône. Aujourd'hui, la halle Tony-Garnier est la plus grande salle de concert de Lyon, on s'y rend pour écouter Depeche Mode ou Ariana Grande, mais quand Jean-Pierre a entamé sa carrière, il y venait tous les mardis pour le marché des bêtes vivantes.

« C'était la vente des animaux, tous les bouchers de la région achetaient leurs bêtes ici. Puis on allait les faire tuer à côté, à l'abattoir. Je te parle de ça, c'était il y a plus de quarante ans. On ne faisait pas trente-cinq heures par semaine, en ce temps-là, on en faisait le double. On ne disait rien, nous. Tous les matins, à trois heures on était debout, on ne disait rien. On cassait la glace dans les bacs en hiver, les bacs de flotte pour laver les boyaux et tout. C'était une bonne vie. Maintenant tout est pourri par le pognon, qu'est-ce que tu veux que je te dise. Pour les jeunes, ça ne va pas être brillant. »

Il accepte de me suivre en poussant son vélo jusqu'à la pointe, où l'on retrouve ces vieux rails qui entrent dans l'eau, et qui m'évoquent une scène de ce film de Miyazaki, *Le Voyage de Chihiro*.

« Bien sûr que je sais à quoi ils servaient, ces rails, me lâche Jean-Pierre. C'était pour les bateaux parisiens. Tu sais comment on les appelle, les bateaux parisiens ?

– Les bateaux parisiens…

– Tu sais pas ça ? Les bateaux-mouches, ça te dit rien ?

– Bien sûr que si.

– Ben voilà. C'est parce qu'ils ont été fabriqués dans le quartier de la Mouche. Il y avait une grosse usine de construction navale. Ces rails, c'était pour les lancements.

– Vous y avez assisté, vous, à la mise à l'eau des bateaux ?

– Mon pauvre, j'étais même pas né… »

Il a grandi à Saint-Pierre-la-Palud, à une dizaine de kilomètres de Lyon. « Jean-Pierre de Saint-Pierre… » Puis il s'est installé à Lyon pour le travail, et il n'en est jamais reparti. Il habite à Perrache depuis plus de quarante ans, alors bien sûr qu'il l'a vu changer, ce quartier, il a connu l'époque des deux prisons, du Marché Gare et du boulodrome.

« Le boulodrome ? je dis.

– Juste ici, oui, à la place du musée. Avant ce grand machin, il y avait le grand boulodrome de Lyon. On l'appelait le boulodrome départemental. Et tout autour, il y avait une dizaine de terrains en extérieur. Le week-end de la Pentecôte, c'était la grande affluence. Le grand tournoi bouliste, tu connais pas ? Chaque année, pendant trois jours, les gens viennent de toute la France pour jouer à la lyonnaise. Tous les terrains de la ville sont réquisitionnés. Les finales ont lieu sur la place Bellecour. Je peux te dire que ça y allait, ici. Le restaurant au bout du pont Pasteur tournait vingt-quatre heures sur vingt-quatre pendant le tournoi. »

Et je ne vois pas de quel restaurant il veut parler.

« Il n'est plus là, ils l'ont démoli. Ça aussi, c'était un endroit mythique. En 1992, pendant la grosse grève, c'était le repaire des routiers. Ils avaient tout bloqué. Ils avaient bien choisi le moment : début du mois de juillet, quand les gens partent en vacances. Le Premier ministre avait envoyé les chars d'assaut pour dégager les autoroutes. Le pont Pasteur, c'était leur repaire aux routiers. Ah, il y avait un sacré quartier, ici. »

On quitte la pointe pour se remettre à longer le Rhône, dont la rive droite est occupée par quelques péniches privées.

« Maintenant, il y a ça, dit-il en se tournant vers le musée sur notre gauche.

– Qu'est-ce que vous en pensez, de ça ?

– Ça a coûté une fortune, oh là là, une fortune. Ils y ont passé un temps fou. Quel bordel. Faut dire qu'ils n'ont pas choisi la facilité.

– C'est vrai que le bâtiment n'a pas dû être simple à monter…

– Le problème, c'était le sol. Ils ont commencé à creuser et ils se sont rendu compte que le terrain était bien trop fragile. Pour supporter un hangar de boulistes, ça allait bien, mais pour accueillir un énorme machin comme ça… Le sol, ici, c'est ce qu'on appelle des alluvions, c'est-à-dire que c'est du dépôt laissé par les rivières, les deux rivières qui nous entourent et toutes celles qui n'existent plus et qui provenaient de la fonte des glaciers. Alors c'est quoi des alluvions ? Bah c'est du sable, de la boue, des limons, et c'est bien pratique si tu veux creuser un puits, mais ce n'était pas leur projet. Il y a eu un premier chantier, et au bout de deux ans à s'occuper seulement des fondations, la boîte a jeté l'éponge. Encore deux ans plus tard, ça a repris avec une nouvelle boîte, et il a fallu creuser encore plus, renforcer les colonnes de béton, je crois qu'ils en ont coulé plus de cinq mille des colonnes dans le sol, je sais pas si tu t'imagines ce que ça représente… Ils ont quand même réussi à stabiliser le terrain. Après, ils ont pu attaquer l'esplanade. »

Je m'apprête à lui demander ce que la forme du musée lui inspire, à quoi elle lui fait penser, quand il regarde sa montre et m'annonce tout à trac qu'il doit me laisser. Peut-être qu'il est attendu. Ou bien il en a marre de papoter.

Il empoigne son vélo et disparaît sans un mot de plus, me laissant dans le vent avec mes remerciements.

Bon, moi aussi je vais rentrer en pédalant. Je sors mon téléphone pour ouvrir l'application Vélo'v, tout en gagnant la station située juste devant le musée.

Quatre mois, oui, c'est ça. Pendant à peu près quatre mois je viens traîner par ici à raison de deux à trois fois par semaine. Je commence à l'automne. À cette époque, j'aperçois quelques hérons cendrés sur les berges. En décembre, les échassiers laissent leur place aux mouettes rieuses, qu'il ne vaut mieux pas avoir comme voisines, c'est moi qui vous le dis. Quatre mois à graviter autour du mastodonte argenté et à questionner la faune qui investit jour et nuit son esplanade abritée, comme un immense préau ouvert sur le fleuve élargi qui s'élance à l'assaut de la Méditerranée. Avec certains, l'échange dure à peine trente secondes, je vois bien que je les dérange, tel ce couple de mariés en pleine séance photo. Avec d'autres, c'est moi qui abrège, tel cet aimable intellectuel qui s'enflamme en réponse à ma question rituelle : « Mais arrêtez de vouloir voir des sauterelles ou des lapins partout, c'est une forme géométrique, un point c'est tout, ça ressemble à ce que c'est, et puis voilà. » Je préfère encore l'illuminé qui bafouille mais qui vibre, lui, au moins : « Ah, ça, on peut dire qu'il est bizarre, ce bâtiment, et moi, qu'il soit bizarre, ça me le rend tout à fait sympathique, je sais que certains ont du mal avec sa forme mais moi, comment dire, je l'ai toujours défendu, ce bâtiment, je dirais que ce n'est même pas esthétique mais plutôt théorique, c'est précisément parce qu'il est surprenant et qu'il est original et qu'il est, comment dire, oui, bizarre, c'est précisément pour ça que je l'aime autant. » Mais ils ne sont pas tous aussi loquaces. Un groupe de mecs ultra baraqués installe de grosses poignées comme des barres parallèles portatives sur le sol en béton brut et se livre à des exercices de gymnastique : pompes verticales à la seule force des bras, planche sans poser les pieds…

« Ça s'appelle comment, ce que vous faites ?

– *Calisthenics.*

– Et ça consiste en quoi, du coup ?

– En ça. »

Je prends quelques secondes pour observer un peu plus attentivement.

« C'est un peu comme de la muscu, quoi.

– Ouais.

– De la muscu dans la rue, c'est ça ?

– …

– Bon, OK, merci. »

Je ne voudrais pourtant pas alimenter le cliché du malabar écervelé, je tombe sûrement au mauvais moment – si ça se trouve, il vient d'apprendre la mort de son grand-père, le pauvre.

Une chose dont je me rends compte, c'est que j'ai plus de facilités à aborder un groupe de mecs qu'un groupe de filles. Auprès des filles, je redoute toujours de ne pas être pris au sérieux et de provoquer des réactions du style : *Non mais le type, il s'incruste en plein cours de Pilates, il te baratine qu'il écrit un livre, genre c'est un romantique, vas-y. Mais sois sincère, invite-moi direct à prendre un verre, pas la peine de te faire passer pour Marc Levy.*

Il y en a un que je laisse tranquille, c'est le type qui dort sur place, étendu sur une large marche d'escalier dans un sac de couchage. À ses côtés, toujours une ou deux bouteilles de piquette. Derrière lui, sur le mur, un dessin réaliste de Rick et Morty, les deux héros d'une série d'animation pas vraiment pour enfants. Tout autour, ça danse en musique, ça saute sur roulettes – rollers, skates, trottinettes –, ça transpire dans son marcel et ça se photographie sous tous les angles. Le type, lui, ne bouge pas d'un poil, il roupille dans sa chrysalide. Il pourrait être mort que ça ne changerait rien.

Parfois, il n'est pas là. Le sac de couchage est vide.

Le coup d'après, le sac est de nouveau occupé.

Ce n'est peut-être pas toujours la même personne.

C'est peut-être lui, l'auteur du dessin de Rick et Morty. D'ailleurs, c'est le seul dessin qu'on peut croiser sur le site. Je m'étonne toujours de l'absence de graffiti sur le socle en béton armé.

En béton architectonique, pour être tout à fait exact. Un terme barbare pour qualifier ce béton décoratif. En gros, c'est le béton qu'on utilise quand on veut le laisser apparent.

Un des grands enjeux de la construction du musée a été de trouver la manière de faire tenir ensemble les trois composantes du bâtiment : le béton du socle, le métal du nuage et le verre du cristal. Car les trois matériaux n'ont pas les mêmes capacités de dilatation. Si le socle est rigide, le métal et le verre partagent une même propension à la déformation. Alors il a fallu mettre en place des espèces d'appuis glissants à l'endroit des différents points de contact. On pourrait presque dire que les trois éléments sont emboîtés, limite qu'ils reposent en équilibre les uns sur les autres. S'ils étaient fixés fermement, si par exemple le nuage était boulonné au sommet des poteaux, on courrait de sérieux risques d'éclatement.

Quand j'explique autour de moi le principe de la collection Récits d'objets, on me demande très vite : « Et alors, t'as choisi quoi ? » Quand je réponds le musée, certains s'offusquent : « Ah ouais, carrément. » Comme si je me prenais pour Jules César ou je ne sais qui.

Il est vrai que si j'avais élu une petite pièce délicate, un papillon oublié ou un fossile microscopique, on pourrait trouver une certaine modestie à ma démarche. Bon, je veux bien assumer ma part de mégalomanie, mais ce n'est pas moi qui l'ai dessiné, ce bâtiment. Ce n'est pas moi non plus qui ai sélectionné le cabinet d'architectes.

Au départ, il y a eu une centaine de propositions, venues du monde entier. Un premier écrémage a permis d'en retenir sept. Un jury d'une quinzaine de personnes s'est donc penché sur ces sept dossiers, auxquels j'ai eu la chance d'avoir accès.

Eh bien, je vais vous donner mon avis, j'aurais fait le même choix qu'eux. Non pas que les autres projets étaient épouvantables, mais celui présenté par le cabinet Coop Himmelb(l)au paraît le mieux adapté à l'emplacement. Dans cette idée d'un bâtiment qu'on pourrait voir de loin et admirer sous toutes ses coutures, il semble le plus cohérent car le plus organique, le plus dynamique, le plus mystérieux, le moins compact, le moins monolithique. Sur le papier, en tout cas, il est celui qu'on a le plus envie de voir se concrétiser.

Les autres projets présentaient pour l'essentiel des formes plus simples, plus attendues pour la fonction qui allait être dévolue au bâtiment. Il ne s'agissait pas seulement de choisir l'emballage d'un musée mais de définir la nouvelle identité de la ville. Avant, quand on arrivait du sud, ce qui sautait aux yeux en premier, c'était la basilique de Fourvière : bienvenue chez les curés ! On est désormais accueilli par cet engin futuriste qu'on croirait taillé par Edward aux mains d'argent.

Si on arrive par le nord, en longeant les berges du Rhône, comme je le fais maintenant, c'est au niveau du quartier de la Guillotière qu'on aperçoit pour la première fois le musée, lequel surgit tel un oiseau de fer à travers la brume atmosphérique – à moins qu'il ne s'agisse des effets sur l'air des rejets de monoxyde de carbone et de dioxyde d'azote des usines pétrochimiques de Feyzin. Cette promenade au bord de l'eau me permet de confirmer tout ce que j'entends à propos de ce fleuve de montagne, rapide et violent, agité de tourbillons dangereux et dont les crues sont dévastatrices. À la base des pylônes des différents ponts s'accumulent tout ce qu'il charrie de branches mortes et troncs d'arbres arrachés, vieux vélos et barrières rouillées, je repère même un grizzli en peluche coincé dans un ponton reliant une péniche au quai. Le dernier pont sous lequel je m'enfile est aussi le plus moderne de tous, puisque sa construction a été achevée il y a dix ans à peine. J'atterris alors dans la partie sud du parc des Berges du Rhône, le musée est juste en face, de l'autre côté du fleuve.

Avant de traverser, je contourne le hangar en tôle vert pomme de l'entreprise Lyon Canoë Paddle. Contre la face sud du hangar est adossé un camp de sans-abri, installé sous une dizaine de grands peupliers. Entre chaque tronc des duvets et des couvertures sont étendus sur des fils à linge – c'est bien sûr pour aérer les tissus mais aussi pour se dissimuler des regards des nombreux passants : promeneurs, familles à vélo, joggeurs, tous plus ou moins indifférents. Moi non plus je ne m'arrête pas, je poursuis mon chemin et j'atteins rapidement le pont avec ses deux grands arcs, sur lequel on ne croise aucune voiture puisqu'il est dédié aux modes de transports doux. On peut le franchir à pied, à vélo, et aussi en tram. Il est également équipé d'épais transats en pierre. Voilà donc un pont où l'on peut s'arrêter faire une sieste. Vous en connaissez beaucoup, vous, des ponts sur lesquels on vous invite à piquer un roupillon ? Comme par hasard, c'est le pont Raymond-Barre.

Si le musée est bordé par le Rhône à l'est, à l'ouest c'est l'autoroute A7 qui longe l'édifice, celle qu'on nomme l'autoroute du Soleil et qui file jusqu'à Marseille. À ce niveau-là, elle enjambe le cours Charlemagne, lequel scinde en deux, dans la longueur, le sud de la presqu'île depuis la gare Perrache. En arrivant au niveau de l'arrêt de tram Musée-des-Confluences, situé en lisière du parvis du musée, je distingue un attroupement sous le pont autoroutier. Je crois d'abord à un petit groupe qui attend le bus, mais en me rapprochant, vu le nombre de personnes présentes, je comprends qu'il s'agit d'autre chose. Je me trouve maintenant sous l'autoroute, où je jette un œil aux nombreuses affiches sur les poteaux et sur les rebords du tablier. Un sacré bric-à-brac idéologique : la Manif pour tous et ses slogans anti-PMA côtoient l'Union des communistes libertaires prônant une révolte féministe contre les violences machistes tout autant que les militants du Frexit, lesquels en profitent pour dénoncer au passage un racket de deux milliards d'euros par an consécutif à la privatisation des autoroutes, le tout étant égayé par la bouille grimée d'un membre du cirque Medrano, ce dernier venant de s'installer dans le quartier pour deux mois. Leur destin à toutes est d'être rapidement recouvertes ou même arrachées, à l'exception de celles qui sont collées en hauteur. À plus de six mètres du sol, au sommet d'une pile du pont, on trouve ainsi un portrait aux couleurs délavées de l'artiste John Hamon. Oh, vous avez sûrement déjà aperçu ce visage juvénile, à mi-chemin entre l'intello et l'étudiant branleur, dont l'art consiste justement à placarder mais aussi à projeter une seule et même photo de lui, réalisée alors qu'il avait une vingtaine d'années, sur les murs des villes et sur quelques monuments célèbres : il s'est attaqué à l'Arc de Triomphe et à la tour de Pise, mais également, en 2018, à la Sucrière et au musée des Confluences.

Sous l'autoroute sont établis, là aussi, plusieurs campements de sans-abri. Des cabanes de fortune, comme on dit, réalisées avec des planches, des vieilles portes, des morceaux de cartons et de bâches plastifiées. Une voiture aux pneus crevés dont les vitres cassées sont calfeutrées avec des sacs-poubelle. Une dizaine de petites tentes, tentes igloo, tentes Quechua, déchirées, rafistolées, recousues. Il y a aussi des matelas disséminés de part et d'autre des poteaux, à même le bitume. Chaque recoin et chaque renfoncement sont occupés. Des enfants se courent après, une femme porte un bébé contre elle.

Le petit rassemblement que j'identifiais en arrivant n'est plus qu'à quelques mètres, une trentaine de personnes gravitent autour de tables de camping sur lesquelles sont disposés des lots de nourriture. Je pense logiquement avoir affaire à une association type Restos du cœur ; c'est à peu près ça, mais ce ne sont pas Les Restos du cœur.

C'est d'abord Rémi qui m'accueille et me présente Graille, un collectif citoyen qui se réunit tous les dimanches après-midi pour cuisiner à partir d'invendus récupérés auprès de producteurs locaux, de commerçants et de boulangers militant en faveur du zéro déchet.

« On s'installe dans la rue, près des squats et des camps urbains, et c'est ouvert à tout le monde. À la fin de la journée, on part en tournée avec les vélos et les triporteurs. On distribue à chaque fois entre cent cinquante et deux cents repas, qui sont livrés dans des bocaux en verre. »

C'est le troisième dimanche d'affilée qu'ils cuisinent sous le pont, la météo ne les ayant pas gâtés pour le moment. Ils pourraient aller s'abriter sous le nuage, mais ils seraient trop cachés, et l'objectif est aussi d'inviter les bénéficiaires à participer à la confection des repas. Puis Rémi passe la main à Allan, mais ce dernier court dans tous les sens. Surtout, il voudrait que chaque participant puisse assumer la communication autour du mouvement et ne pas être sans cesse considéré comme le seul et unique référent. Car Allan est le fondateur de Graille. Comme je lui touche deux mots de mon projet de bouquin sur le musée, il me lâche : « Bah c'est super, mais tu sais, ce qui serait le mieux pour toi, c'est de venir cuisiner avec nous un dimanche. » Chiche ?

Le mercredi suivant, en fin d'après-midi. Comme je n'ai pas l'intention d'entrer dans le bâtiment, je n'ai pas à me préoccuper des horaires, ça, c'est pratique. Je peux y aller le lundi, alors qu'il est fermé, je peux y aller le 25 décembre ou le 1er janvier (même si, entre nous, j'ai mieux à faire), je peux aussi me pointer à n'importe quelle heure. Ce jour-là, j'arrive à 18 h 30, pour la fermeture des portes. Une jeune femme descend les escaliers en rebondissant et en tenant son téléphone à hauteur du visage, probablement en mode haut-parleur. Elle parle si fort qu'en restant à une dizaine de mètres d'elle, j'entends tout ce qu'elle dit. Ainsi, j'apprends qu'elle vient de passer la journée au musée. Elle continue à sautiller tout en avançant vers l'arrêt de tram et j'essaie de la suivre discrètement, car j'ai l'impression que son état d'euphorie est précisément dû à sa visite. Enfin, je ne suis pas là pour assurer la promo des lieux, je ne veux pas faire croire qu'une visite au musée des Confluences offre l'assurance d'une année sous le signe de l'amour et de la joie, mais pour cette jeune femme l'effet est assez spectaculaire. Elle est littéralement euphorique. Elle doit avoir trouvé ce qu'elle était venue chercher. Pour le formuler autrement, sa visite a dû résonner avec ses préoccupations du moment. J'ai toutefois du mal à saisir ce qui l'a tant intéressée, son discours est assez désordonné, elle évoque tout un tas de références culturelles, elle parle de Tintin et d'un album en particulier : *L'Oreille cassée*. Elle prétend avoir retrouvé la statue au centre de l'intrigue : « Ils l'ont, elle est là, je l'ai vue. » Elle enchaîne en évoquant Indiana Jones. D'ailleurs, la dernière phrase qu'elle prononce avant de sauter dans le tram est une citation du premier film de la saga, *Les Aventuriers de l'arche perdue*, que j'ai vu plusieurs fois, oui : « *Jones, nous sommes de la même étoffe, tous les deux, l'archéologie est notre religion…* » Était-elle au téléphone avec Harrison Ford ? Mais le tram referme ses portes, et je reste sur le quai, tant pis pour moi. J'aurais aimé l'aborder ; je n'ai pas osé.

Je me demande bien qui était cette jeune femme, quand même. Une autrice de bande dessinée, une simple tintinophile, une réalisatrice de blockbusters, une archéologue, voire une voleuse d'antiquités ?

C'est maintenant au tour des employés du musée de quitter le cristal : les agents d'accueil et de billetterie, les libraires (ceux-là même, peut-être, auprès desquels vous vous êtes procuré le petit livre que vous tenez dans vos mains), les guides et médiateurs, les attachés de conservation, qui à leur tour rejoignent l'arrêt de tram, empruntent un Vélo'v ou chaussent une paire de rollers et s'élancent côté Rhône à l'assaut du pont Raymond-Barre ou côté Saône sous le pont autoroutier. À contre-courant de tout ce beau monde, je grimpe les marches pour gagner l'esplanade en béton brut et me faufiler sous le nuage.

On m'avait pourtant prévenu que le mercredi était le soir des cours collectifs, mais je ne m'attendais pas à une telle affluence. Partout, dans chaque recoin, des groupes s'adonnent à des activités sportives ou artistiques, face au prof en jogging qui donne les consignes et enchaîne les démonstrations. Je commence par observer un cours de kung-fu, animé par un maître shaolin tout de noir vêtu, et une jeune femme aux longs cheveux ondulés me fusille du regard : je crois comprendre que ma présence l'embarrasse. Bon, d'accord, ce n'est pas un spectacle. Je les imagine tous se jeter sur moi et me rouer de violents coups de pied saccadés et de mains tranchantes. Volte-face, je me casse. Je passe alors à un cours de danse, une danse hyper sensuelle, une danse de couple que je prends d'abord pour du tango, mais la musique ne correspond pas, on dirait plutôt un mélange de zouk et de R'n'B. D'ailleurs, la danse elle-même évoque vaguement le zouk. Une sorte de tango-zouk, donc. Le genre de truc face auquel on pourrait facilement lâcher, avec un brin de mépris : non mais ils ne savent plus quoi inventer. Sauf que ça me donne assez envie. Faudrait que je me renseigne, tiens. À quelques mètres d'eux, derrière un de ces piliers massifs en soutien de l'énorme protubérance métallisée qui fait office, pour nous, de plafond, c'est encore une autre activité, encore un autre délire : cinq adultes, cinq hommes, se livrent à des combats de sabres lasers. Attention, c'est du sérieux. Le duel entre Jedi est arbitré, l'affrontement est codifié. Les sabres sont lumineux et sonores, et surtout ils ont l'air beaucoup plus solides que ceux qu'on peut trouver à la Grande Récré. Je ne suis pas le seul à me montrer intrigué. L'un des participants, entre deux rounds, confie à un jeune homme coiffé d'un bonnet jaune que la discipline est affiliée à la fédération française d'escrime et qu'elle devrait bientôt intégrer le programme des Jeux olympiques. Le bonnet jaune n'en revient pas. « Médaille d'or, Luke Skywalker ! » s'enflamme-t-il. Je me déplace encore, m'approche de l'escalier que les skateurs s'entraînent à sauter et m'assieds sur la plus haute marche pour assister à un autre cours de danse, que j'identifie très bien celle-ci : du hip-hop, tout simplement. Le prof est un homme et les élèves sont presque toutes des femmes. J'ai l'impression de connaître l'une d'entre elles. La responsable d'une association où ma fille aînée prenait des cours de danse, justement, il y a quelques années. Je reste un bon moment à les regarder, et à la fin du cours, Marion, oui, il me semble bien qu'elle s'appelle Marion, s'assied juste à côté de moi. Comme tous les autres élèves, elle ramasse une gourde pour se désaltérer, après quoi elle propose à ceux qui le veulent d'aller prendre un apéro un peu plus bas, au bord de l'eau.

« Tu viens ? me lance-t-elle en se levant.

– Euh…

– Au fait, t'as pas dansé, aujourd'hui… Ah, pardon, t'es pas dans le groupe. Mais on se connaît, non ?

– Oui, ma fille prenait des cours de danse africaine…

– OK, je me disais bien que je t'avais déjà vu quelque part. Tu veux venir avec nous ? »

On quitte le socle en béton pour descendre vers ce qu'on appelle le jardin, un ensemble d'îlots de verdure séparés par de larges chemins de terre battue. Sur chaque îlot se trouvent quelques petits arbres, des saules essentiellement, non pas des pleureurs mais des saules argentés. En bordure de ces îlots ont été coulés des bancs en béton brut. C'est autour de l'un d'entre eux qu'on s'installe. Il n'y a pas de place pour tout le monde alors je me pose dans l'herbe avec Marion.

Elle m'offre une bière, ouvre un paquet de chips au comté et me présente AfroMundo, l'association qu'elle a créée en 2010.

« Un enjeu important pour moi c'est de parler de danses africaines au pluriel. *La* danse africaine, tu vois ça partout, mais ça ne veut rien dire. Le sabar, ce ne sont pas les danses de Guinée, ni celles du Mali ou celles du Burkina. Il faut sortir du cliché de la danse sur djembé. On réserve aussi une grande place aux danses modernes : l'afro-house, l'afro-beat, le kuduro, le coupé-décalé. L'un des objectifs de l'asso, c'est de faire des ponts entre les danses d'Afrique et celles issues de la diaspora, donc les danses afro-américaines, afro-cubaines, afro-brésiliennes… En général, quand tu fais du hip-hop, tu ne t'intéresses pas aux danses africaines. Quand tu fais de la salsa, tu t'intéresses à peine aux danses brésiliennes. Pourtant je vois tellement de liens entre elles, le rapport à la musique, le mode de pratique, le cercle, et puis au niveau du corps : la dissociation, l'ancrage, le rapport à la colonne vertébrale. »

Je l'interromps pour évoquer cette danse à mi-chemin du tango et du zouk que j'ai découverte tout à l'heure.

« C'est de la kizomba, une danse qui vient d'Angola. »

Je note le nom discrètement dans mon téléphone.

« Mais on ne l'enseigne pas à AfroMundo. Jusqu'en 2017 on avait un centre à Vaise, où venait ta fille, mais le propriétaire l'a récupéré et depuis on est nomades. À la sortie du premier confinement, on a décidé de venir ici, on cherchait un espace aéré. On n'est pas les seuls à y avoir pensé, tu vois. Le sol est lisse, ça glisse bien. Le soir et la nuit c'est éclairé. En cas de pluie on est abrités. Et puis il n'y a pas de voisinage immédiat, alors on ne dérange personne. Je remarque que le lieu a une vraie influence sur notre danse. Les danseurs débutants ont tendance à refermer leur espace, à regarder vers le bas, et ici, l'environnement te pousse à l'ouverture. Ce n'est pas seulement le fait d'être dehors mais aussi le côté majestueux de l'endroit, la vue dégagée, l'horizon… Les élèves adorent venir. »

Il commence à faire froid. Ce n'est plus vraiment la saison des apéros nocturnes au bord du fleuve. On ramasse nos bouteilles et, en repartant en direction du tram, c'est à moi de lui dire ce que je fabrique là. Le bouquin pour le musée, toutes les rencontres que ça me permet de faire, dont celle avec Graille, ce mouvement citoyen qui cuisine pour les sans-abri, et que je revois quatre jours plus tard, le dimanche, en début d'après-midi.

Une trentaine de volontaires sont rassemblés sous le pont autoroutier. Allan, le fondateur du mouvement, est en pleine discussion avec deux hommes, dont l'un s'est fait brûler sa tente le matin même.

« Un mec nous a réveillés à sept heures pour nous demander une bière et des clopes, mais on n'en avait pas. Moi j'étais de mauvaise humeur alors je lui ai collé une baffe, le mec est parti mais il est revenu deux heures plus tard avec une bouteille d'essence et il a mis le feu à ma tente. J'étais dedans avec mon chien… »

La peau de ses mains est totalement arrachée. Charline ouvre une grosse mallette à pharmacie et l'aide à s'enduire de crème.

« Je n'ai plus de tente, plus d'affaires, plus rien, je suis à poil. Je n'ai même plus de carte d'identité. C'est la police qui m'a filé des fringues. Ils m'ont donné des tee-shirts, ils m'ont donné trois paires de chaussures comme ça. Tu te rends compte, on est sapés et chaussés par les flics. »

Ils dorment tous les deux en plein centre-ville, sous la verrière du passage de l'Argue, qui relie la rue de la République à la rue de Brest en coupant la rue Édouard-Herriot.

Cette nuit, ils étaient installés devant le magasin de bonbons Violette et Berlingot.

« Ah, ils vont faire la gueule, les commerçants. Le sol a cramé, la vitre est cassée, mais bon, ils sont assurés… »

Il me dit s'appeler David. Il est lyonnais. Il a vécu dans la rue pour la première fois à vingt ans, puis en est sorti pendant une dizaine d'années, durant lesquelles il était marié. Depuis deux ans, il est de nouveau SDF.

« J'ai habité à La Mule, à Saint-Genis-Laval, à Oullins… Quand j'étais gamin, je venais bosser au Marché Gare. Mon père me tirait du lit à trois heures, il me jetait dehors : allez, va bosser. J'allais décharger les camions, j'avais quinze piges… »

Son ami vient d'arriver à Lyon après avoir passé plus de dix ans à Montpellier. Lui aussi me dit s'appeler David. Je reste circonspect. Un homme de la rue ne donne pas son nom facilement, je sais ça.

C'est Allan qui va s'occuper de leur fournir une nouvelle tente et un nouveau duvet. Pour l'heure, il s'inquiète de la cuisson des légumes qui prend du retard à cause du vent. On fabrique une sorte de coffrage avec des planches tout autour des trois réchauds, qui accueillent chacun une grande marmite, dans lesquelles le cuisto plonge une pagaie en alu. Au menu, un mélange de pommes de terre, champignons et choux-fleurs, qui sera complété par une sauce pimentée. Le principe du plat chaud est toujours d'associer une base de féculents – riz, pâtes ou patates – avec un agrément de type ratatouille. Il y a quinze jours, ils ont cuisiné à partir d'épices tandoori. La semaine dernière, il a fallu écouler un lot important de céleris. Les repas sont tous végétariens, pour n'exclure personne. Le dessert est déjà prêt, un risotto sucré qui exhale une forte odeur de cannelle.

Les participants du jour sont rassemblés autour de plusieurs tables de camping et planches en aggloméré posées sur des tréteaux. On se greffe à tel ou tel groupe en fonction des besoins.

« Je n'ai jamais coupé autant de pain de ma vie », me confie Théo, qui commence à avoir mal aux mains. « On fait des tranches fines car beaucoup ont les dents défoncées, pourries, fragiles, ou bien n'en ont plus… »

Je remarque qu'ils portent tous les mêmes tabliers de cuisine noirs ou violets ornés du logo du collectif : une planche à découper.

« Ils sont là-bas, dans un sac cabas, va te servir. »

J'en choisis un violet, et j'attrape au passage un torchon que je glisse dans la poche kangourou. Je m'approche d'une table où on fait le tri des bocaux : de moutarde, de Nutella, de confiture, de soupe, tous vides pour le moment. On en profite pour faire connaissance. Personne ne la ramène trop. Les rapports sont plutôt doux. On se croirait en colonie de vacances, le premier jour. « C'est la première fois que tu viens ? » « Et toi, comment t'as connu Graille ? » Certains sont en couple. Il y a quelques nouveaux arrivants à Lyon. On est là aussi pour socialiser, évidemment. « Ma copine suivait un cuisto sur Insta et elle a vu qu'il participait, c'est comme ça que j'ai découvert le mouvement. » « On était en Suisse, où il y a moins de sans-abri qu'ici, alors on se disait qu'à notre retour en France, on chercherait une association de ce genre-là, on voulait aider. » « Et puis c'est moins déprimant que de passer un dimanche tout seul chez soi avachi sur le canapé… » « Et toi, tu bosses dans quoi ?

– Je suis architecte », répond Carine à Théo.

Une architecte. Je ne peux pas laisser passer une aussi belle occasion.

« Et qu'est-ce que tu penses du musée, alors ? »

Elle pose son bocal sur la table, relève la tête.

« J'aime pas du tout. J'ai des valeurs très communistes en architecture. Je suis pour l'architecture soviétique : simple, rationnelle, efficace, fonctionnelle, pas de fioriture, ultra-sociale. Ce bâtiment, c'est tout le contraire : racoleur, tape-à-l'œil. Ça en met plein la vue mais ça s'arrête là. C'est bien construit, je dis pas, et puis c'est beaucoup de métal, toujours mieux que le béton, au moins ça se recycle… Mais pour moi, un musée, ça doit être une boîte rectangulaire. Là, c'est clairement un caprice. Après, on a besoin de ce genre d'architecture pour faire parler, pour attirer les touristes… »

Je me permets de faire un petit tour de table. Tout le monde n'est pas aussi dur que Carine.

« Il m'a toujours fait planer, ce musée. Tu veux savoir à quoi il me fait penser ? À un gros rat en origami. »

D'autres évoquent une enclume ou un silex.

Je reviens au pôle cuisson, où Charline, après une session de plonge, se réchauffe les mains auprès du feu. J'aide Karim à égoutter les patates au-dessus du caniveau. Éric repousse l'eau au balai-brosse en direction de la bouche d'égout la plus proche. Il est temps de passer au remplissage des bocaux. Là, ça dépote. « Ou plutôt, ça empote », rebondit Rémi. La sauce pimentée nous dégouline sur les mains, d'où l'utilité du torchon. Charline me raconte qu'au début ils n'étaient que dix. « On cuisinait au camping-gaz et on faisait une quinzaine de repas. » Allan se charge du décompte du jour. Résultat des courses : 141 desserts, 259 repas chauds. Record battu.

Avant de partir, chaque participant emporte un bocal pour sa consommation personnelle, c'est la règle, on mange ce qu'on a cuisiné. Puis on remplit le coffre du triporteur. Je me joins à Éric et Théo pour nous occuper des camps alentour. On s'en va avec chacun une cagette de bocaux, de barquettes de risotto sucré et de tranches de pain.

On commence par ceux qui sont installés juste à côté, sous le pont. Certains ont allumé un feu. Un homme seul fait griller des petits morceaux de viande et nous fait comprendre qu'il ne veut pas de nos trucs. Mais tous les autres nous accueillent très chaleureusement. On ne parle pas leur langue. Une famille nous apprend qu'elle vient de Bulgarie. « Sofia ? » hasarde-t-on. Et une vieille femme édentée nous répond : « Pleven », avec les mains qui pointent vers le bas. On ne connaît pas cette ville. On ne sait pas si elle cherche à nous dire que Pleven se situe au sud de Sofia ou bien qu'ils sont originaires d'un endroit situé, lui, au sud de Pleven – après vérification, il s'agit de la deuxième option. Puis on traverse le pont Barre pour gagner le camp derrière le hangar des canoës. Il n'y a personne sur place. « Ils ne sont pas encore rentrés, dit Théo. Les Roms s'installent à l'écart pour vivre, mais comme les autres, ils font la manche en centre-ville. » Le camp est constitué de tentes et de bâches tendues. Tout autour, des poussettes, une trottinette pour enfant, un caddie de supermarché, un fauteuil roulant déglingué. On dépose ce qu'il nous reste, soit une quinzaine de plats chauds et de desserts, sur une table en bois. « Quelqu'un a un morceau de papier ? » demande Éric. Et j'arrache une feuille du petit carnet sur lequel j'ai pris quelques notes au cours de l'après-midi. On leur souhaite un bon appétit, on y ajoute un smiley. On glisse la feuille sous la cagette et on regagne le pont, où nos chemins se séparent.

Je rentre avec mon bocal de légumes et quand je raconte à mes enfants ce que j'ai fait de ma journée, ma fille de dix ans me dit : « Mais t'aurais pu tout rapporter à la maison, tout garder pour toi. Quand même, ils te font confiance…

– À ma place, c'est ce que tu aurais fait ?

– Je ne sais pas. Peut-être que non. »

Bon, alors ça va.

Je retourne plusieurs fois cuisiner pour Graille. Un mercredi après-midi, j'emmène ma fille de dix ans. Nous ne sommes pas à Confluence mais au Jardin des Rigolards, dans les pentes de la Croix-Rousse. La mairie a mis à disposition du mouvement le local d'un club de pétanque, dont un des membres les a rejoints.

« Un lieu où stocker le matériel, c'est une petite avancée, mais l'objectif c'est la création d'une cantine anti-gaspi », me dit Charline.

Ce jour-là, je propose d'aller livrer autour du musée. Ma fille m'accompagne et se prend en pleine gueule la réalité de ces vies impensables. Sous le pont, elle rencontre des enfants de son âge, qui passent leurs journées et qui dorment ici. Un quotidien soumis en permanence au vacarme de la circulation et aux gaz d'échappement. Une femme nous fait comprendre qu'ils ont besoin de couvertures, de gros manteaux, de gros pulls. De l'autre côté du fleuve, au camp des canoës, une dizaine de personnes sont rassemblées autour d'un réchaud dans lequel brûle un pneu. Ils nous alertent sur le manque d'eau potable, car les robinets publics ont été coupés pour l'hiver.

En plus des deux bocaux que l'on garde pour nous, j'en ai mis un troisième de côté. On finit par faire un tour derrière le musée, j'explique à ma fille qu'il y a souvent quelqu'un sur les marches. Il est là, seul sur l'esplanade, assis face au fleuve. Il ne réagit pas à notre arrivée. Je lui tends un bocal, qu'il saisit sans me regarder. Je lui souhaite bon courage, un truc comme ça. Je me trouve toujours un peu con avec mes formules de politesse, mes petites phrases de réconfort.

Quelques jours plus tard, de retour au musée, je rencontre un couple qui s'installe au fond d'une ouverture creusée dans le socle, un accès à une porte en métal, mais cette dernière est verrouillée. Il s'agissait au départ d'un accès à des toilettes publiques, qui n'ont finalement jamais été exploitées. L'endroit est abrité et plutôt caché des regards. Alessandro et sa copine commencent par débarrasser le sol des feuilles mortes avant d'étaler un vieux matelas qu'ils transportent enroulé dans un caddie. La nuit dernière, ils étaient sous l'A7. Cette nuit ils dormiront avec vue sur la pointe illuminée du musée. Je leur en touche deux mots, du musée, mais ils s'en foutent, évidemment qu'ils s'en foutent. « Il est beau », lâche Alessandro en haussant les épaules, puis il passe à autre chose. Les bains-douches Delessert, dans le quartier Debourg, qui sont fermés aujourd'hui. Le Samu social, qu'il doit appeler en espérant obtenir une place en foyer d'hébergement, mais il veut être avec sa copine et il y a peu de places pour les couples. Ils passent une dizaine de jours sur place, on se croise plusieurs fois. C'est toujours Alessandro qui me parle, sa copine reste en retrait. Il me raconte comment il est arrivé en France avec sa mère et ses frères et sœurs, à l'âge de douze ans.

« Je ne parlais pas un mot de français. Je parlais le bosniaque, la langue de mes parents, et l'italien, car je suis né en Italie, où mes parents se sont réfugiés au début de la guerre d'ex-Yougoslavie. Mais je n'ai pas pour autant la nationalité italienne, car en Italie le droit du sang prime sur le droit du sol. Et je ne suis pas bosniaque non plus car en Bosnie c'est le droit du sol qui prévaut. Je suis donc italien pour les Bosniaques et bosniaque pour les Italiens. En France, où je vis depuis plus de vingt ans, je suis considéré comme apatride, comme si j'étais né sur un bateau en pleine mer. »

Il est suivi par la Cimade, une association de soutien aux demandeurs d'asile. Il travaille parfois au noir.

« Mécanique, peinture, bâtiment, je sais faire plein de choses. »

Ils finissent par quitter les lieux pour rejoindre un squat dans les pentes de la Croix-Rousse. L'homme installé sur les marches de l'esplanade prend leur place. Je reviens le voir avec des plats cuisinés. Les bénévoles qui m'accompagnent sont tout aussi embarrassés que moi. Ils ne savent pas toujours bien comment faire, ni quoi dire. Ils se sentent mal quand ils repartent. Ils font ça pour aider, et en même temps c'est si peu. Le soir ils retrouvent leur famille ou leurs colocataires, le petit confort de leur appartement, le lendemain ils repartent à la fac ou au travail, ils oublient, ils font comme si ça n'existait pas, jusqu'au dimanche suivant, où ils hésitent à retourner cuisiner sous le pont autoroutier ; certains le font, d'autres pas.

Quand on arrête, on se cherche une excuse valable. Aucune n'est vraiment convaincante, et on se sent égoïste. On se dit qu'il aurait mieux valu ne rien faire du tout, ne rien savoir, ne jamais commencer. Mais le problème, c'est que maintenant on sait. On sait un peu. Un peu plus qu'avant. Et on se trouve bien pathétique avec nos états d'âme.

Moi aussi, après quelques dimanches de préparation de repas ou de livraisons, j'arrête. Je me dis qu'on ne peut pas tout faire, qu'on ne peut pas être partout à la fois. Je me dis que ce n'est pas le sujet de mon livre, et pourtant c'est horrible de présenter les choses comme ça. Est-ce que je me serais autant investi si je n'avais pas eu ce projet de bouquin ? Probablement pas. Pour me rassurer, pour me donner bonne conscience, sûrement, je me dis que j'y reviendrai peut-être, sous une forme ou une autre, mais pour l'heure, je passe à autre chose.

J'essaie de me recentrer un peu sur mon sujet de départ, le bâtiment et tout ce qui passe autour.

Je ne suis qu'à quelques mètres de la porte d'accès à ces toilettes publiques malheureusement condamnées alors qu'elles seraient tellement utiles à ceux qui dorment devant, quand je me pose sur un de ces bancs en béton pour observer quatre kayakistes qui embarquent depuis le ponton au pied du pont Raymond-Barre. Ils descendent le Rhône sur une centaine de mètres, contournent la pointe, puis remontent la Saône jusqu'au pont de La Mulatière, sous lequel est installé un parcours à base de bâtons suspendus, un parcours de slalom. En pivotant sur mon banc pour les suivre, je découvre, juste en face de moi, assis sur les dernières marches du socle, une femme et un homme qui s'embrassent. *Et alors, qu'est-ce que ça peut te foutre ?* me direz-vous. Mais rien du tout, enfin. Ils font bien ce qu'ils veulent, évidemment. Je remarque seulement que ça fait un moment que ça dure. Je n'ai pas regardé l'heure en arrivant, mais ils doivent s'embrasser depuis au moins cinq minutes. Et encore, je n'étais pas là quand ils ont commencé. Ils s'embrassaient déjà quand je suis arrivé. Si bien que, oui, je me pose des questions, forcément. Je me demande ce qui peut motiver un aussi long baiser. Il faut admettre que ce n'est pas courant. Déjà, on ne se livre pas à un tel baiser en public quand on vit ensemble depuis dix ou vingt ans, alors je me dis qu'ils viennent de se rencontrer. Peut-être un rendez-vous Tinder ? À moins qu'il s'agisse d'une relation cachée. Mais enfin, marcher jusqu'ici pour se rouler une pelle pendant une demi-heure, je ne vois pas trop le sens. L'endroit est plus propice aux sorties familiales, on déambule d'un pas léger, on bavarde en fumant une clope, on prend l'air après s'être fait péter le bide à la brasserie du musée. Mais quand on entame une nouvelle relation, on boit éventuellement un verre ou deux dans un café et puis on rentre vite à la maison pour se jeter au lit. Les couples qui se promènent ici ont dépassé ce stade depuis belle lurette.

Quand on se balade en ville et qu'on va jusqu'à échouer à la pointe sud de la presqu'île, c'est qu'on s'ennuie un peu. Ou alors, c'est qu'on n'est pas en couple. Peut-être qu'ils viennent tout juste de conclure. Peut-être qu'ils se tournaient autour depuis des mois voire des années et qu'enfin, aujourd'hui, à la faveur d'une promenade anodine dans un lieu pas spécialement romantique, l'un des deux s'est lancé, a osé franchir le pas. Tout en y réfléchissant, je continue à les regarder, et eux continuent à s'embrasser.

Ça fait maintenant plus de dix minutes que je suis là et ils n'ont toujours pas décollé leur bouche l'une de l'autre – à se demander si madame n'a pas remplacé son tube de gloss par un tube de glu. Ça devient de plus en plus sensuel, elle lui caresse la tête, part de la nuque et remonte sur le haut du crâne, tandis qu'il se décale pour mieux enlacer ses hanches. Derrière eux une dizaine de pies sont déchaînées, elles volettent, s'attaquent et se battent en criant : tchia, tchia. Me vient alors en tête une nouvelle hypothèse : ils travaillent dans le coin. Peut-être même au musée. Ou bien il s'agit de deux employés de la péniche de croisière, l'*Amacello*, stationnée sur le quai. Encore mieux : l'un bosse au musée et l'autre sur la péniche. Ce dernier serait sur le point d'embarquer pour plusieurs jours, plusieurs semaines, peut-être un mois : ce serait alors un baiser d'adieu.

Bientôt vingt minutes que ça dure. Là, franchement, ils abusent. Allez, bye bye les amoureux. Je quitte mon banc et me rapproche du nuage. Trois gamins font les cons sur des trottinettes électriques, l'un d'eux se prend une barrière de plein fouet et celui qui filme explose de rire. Un groupe de jeunes femmes se consacre à une séance de fitness à base de cordes élastiques. Je grimpe quelques marches, m'adosse à un muret et sors une banane de ma poche, quand tout à coup je vois surgir sur une rampe du balcon qui me surplombe une espèce de Batman armé d'un sabre de samouraï. Il est très vite rejoint par un autre énergumène du même genre, puis un troisième zozo apparaît à mon niveau, équipé d'un énorme appareil photo. Il s'accroupit pour accentuer l'effet de contre-plongée et mitraille ses deux acolytes qui prennent des pauses étudiées.

Ce qui me frappe, c'est l'étrangeté de leur accoutrement. Je ne peux les associer à aucune mode identifiée, ils ne sont ni véritablement gothiques, ni hip-hop, ni sportifs, ni ouvriers en bâtiment, et pourtant ils donnent l'impression d'un mélange de tout ça. Ils sont totalement insensibles à ma présence. Je ne dirais pas qu'ils me considèrent comme un ennemi, non, ils sont dans leur truc, ils se foutent de mon regard, de ma curiosité – parce qu'ils m'intriguent, oui, bien sûr. Autant les amoureux, je m'imaginais mal aller leur demander de m'éclairer sur les multiples interrogations qu'ils faisaient naître chez moi, mais eux, je me dois de les aborder, je veux savoir de quelle planète ils débarquent.

Ils s'avèrent d'une gentillesse incroyable, ce qui ne m'étonne qu'à moitié. Ils m'évoquent mes amis métalleux. C'est peut-être un cliché, mais les fans de films gores ou de hard rock sont souvent d'adorables nounours, des crèmes, comme on dit. Et c'est exactement le cas des cinq mômes que j'ai en face de moi, quatre garçons et une fille qui se livrent avec une générosité déconcertante, pour tout me révéler du style *techwear* : des vêtements techniques, comme son nom l'indique, parfois colorés, qui associent différentes matières (tissus imperméables, respirants, isolants, extensibles) et sont agrémentés de sangles de serrage, de scratchs, de poches, de Zip, d'éléments chromés, mais toujours dans un but purement décoratif. Il ne s'agit pas ici de se suspendre à une grue ou d'escalader une paroi en dévers, mais seulement d'être bien habillé. Est-ce qu'on peut les considérer comme des mannequins ? S'ils n'assument pas tous le terme, la façon dont ils vivent leur passion s'apparente tout à fait à ce type d'activité. Leurs comptes Instagram dépassent les dix mille abonnés, si bien qu'ils tissent avec certaines marques des relations de partenariat. J'essaie de mémoriser les noms qu'ils mentionnent (Machine 56, Holy Grail), mais face à la profusion de références et de termes techniques, après cinq minutes de conversation, je me saisis discrètement de mon portable et j'enclenche la fonction dictaphone.

Une demi-heure plus tard, au moment de les quitter, catastrophe, je m'aperçois que l'enregistrement n'a pas fonctionné. Je suis dégoûté. Allez, tant pis, je retourne les voir.

« Écoutez, je suis désolé mais je vous avais enregistrés et quelqu'un m'a appelé et ça a tout arrêté…

– Mais tu nous avais demandé l'autorisation pour nous enregistrer ?

– Euh, ben…

– Ta maman ne t'a pas appris qu'on n'enregistre pas les gens sans leur accord ?

– Bah si, mais je croyais que…

– Non, on ne fait pas ça. »

Mathieu était pourtant le plus loquace et le plus exalté de tous. Ses camarades semblent le trouver un peu excessif, et ça va, il s'apaise assez vite.

Ils m'en tiennent si peu rigueur qu'ils acceptent de tout reprendre à zéro, et nous voilà repartis pour une nouvelle demi-heure d'échange – quand je vous dis qu'ils sont sympas. D'où leur vient cette passion ? De nouveau, les références fusent : les dessins animés de leur enfance, des jeux vidéo, quelques films, aussi : *Dune*, *Blade Runner*, *Le Cinquième Élément*, sans oublier le plus important de tous, la plus grande inspiration du *techwear*, *Matrix*.

« Le *techwear* s'inscrit dans la lignée de tout ça. Sauf qu'on y a ajouté un peu de look *street*. C'est notre façon à nous de vivre un petit bout de futur. Nos parents parlaient de voitures volantes et de manger des pilules à chaque repas, mais peut-être que ça commence par le fait de porter des habits un peu techniques. »

Pendant des années, ils étaient chacun de leur côté, n'osant pas toujours s'afficher en public dans ces accoutrements. « J'étais tout seul dans ma chambre… » Certains se sont heurtés à un entourage réticent, ils ont subi leur lot de propos dédaigneux et de moqueries stupides.

« On n'a pas attendu la Covid pour porter des masques, me dit Adrien. Pour nous, c'est un accessoire comme un autre. Mais avant la pandémie, quand j'attendais le bus avec mon masque, les voitures ralentissaient et les gens me reluquaient de travers, comme si j'allais sortir une arme et attaquer quelqu'un… » Mathieu se souvient quant à lui d'une agression dont il a été victime sur les quais de Saône : *Ouah, tu fais du cosplay, toi ? Oh mais c'est quoi ton délire, t'es pas dans notre réalité, mec…* Ce sont les mots qui m'ont le plus marqué : *t'es pas dans notre monde…* Après, ils ont carrément sorti les chaînes en acier, les ceintures triplex, ils avaient envie de se battre, les gars, c'était vraiment ce qu'ils voulaient. J'ai fini par me barrer tranquillement, je les ai laissés en plan. Tout ça parce que ma façon de m'habiller ne leur plaisait pas…

– Ici, vous ne vous faites pas emmerder ?

– Non, c'est tranquille ici. Pour nos shootings, le décor est parfait. En se mettant juste là, sous la pointe, sous le museau du musée en quelque sorte, on a l'impression d'être un mécanicien en train de réparer un croiseur interstellaire. Tu sais, dans *Star Wars*, les destroyers, les vaisseaux amiraux… Ce bâtiment, il m'a toujours fait penser à ça. Mais on commence à avoir trop de photos au musée. Faut qu'on change de site. »

Manon évoque le campus de la Doua, où il y a de beaux immeubles, aussi. Yann me montre sur son appareil les images qu'il a prises aujourd'hui : « Le côté métallique, ça permet de faire de super effets. En plus, le temps était idéal, avec ces gros nuages gris.

– Et alors, ton enregistrement a marché ? » me lance Mathieu.

Je sors mon téléphone pour vérifier.

« Impeccable. Je ne vous ferai pas répéter une troisième fois. Allez, je vous laisse. Merci encore. »

Donc pour eux c'est *Star Wars*. D'autres ont évoqué *Avengers*. La comparaison qui revient le plus souvent, loin devant les enclumes et autres crapauds, c'est le vaisseau spatial.

En longeant le fleuve sur mon Vélo'v, je m'amuse à imaginer un scénario de film à grand spectacle où le bâtiment se transformerait en astronef. Je ne vais pas chercher bien loin, dans mon Jura natal, encore une fois. Je vous ai parlé des deux lacs de Clairvaux, mais il y en a beaucoup d'autres dans le coin, d'autres lacs naturels, des petits lacs sauvages perdus au milieu de forêts de hêtres et d'épicéas, et puis un très grand lac artificiel long de plus de trente kilomètres, le lac de Vouglans. Ce lac est né suite à la construction d'un barrage hydroélectrique sur la rivière d'Ain il y a une cinquantaine d'années. Le barrage mesure plus de cent trente mètres de hauteur pour une longueur de près d'un demi-kilomètre, et on dit de lui qu'il est le plus surveillé de France. Deux cents fissures ont été recensées à la surface de l'édifice. On évoque des risques de glissements et d'infiltrations par la base. On sait aussi que les roches sur lesquelles repose l'ouvrage ne sont pas infaillibles. Si le barrage de Vouglans venait à péter, plus de six cents millions de mètres cubes d'eau seraient libérés et une vague gigantesque déferlerait dans la vallée de l'Ain, gagnant la centrale nucléaire du Buget, avant d'atteindre Lyon, où toute la presqu'île, c'est-à-dire la place Bellecour mais aussi la Confluence et son musée, se retrouverait plongée sous six mètres d'eau. Et ce n'est pas fini, attendez. Trois autres centrales plus au sud seraient également menacées : Saint-Alban, Cruas-Meysse et Tricastin – et pour cette dernière on doit ajouter un risque de séisme. Pour en arriver là, il faudrait un concours de circonstances difficile à envisager (crue historique du Rhône et de l'Ain, rupture brutale), et comme on l'a dit, le barrage est ultra contrôlé. Mais enfin, si j'étais Spielberg, cette histoire ne me laisserait pas insensible.

Le musée accueillerait alors les habitants de la ville et de ses environs et embarquerait au passage les girafes, les singes, les zèbres et les crocodiles du zoo de la Tête d'Or. L'engin se contenterait-il de flotter comme un navire ou parviendrait-il à s'élever carrément dans les airs, évitant à l'ultime seconde un rouleau d'écume et de vapeur déchaîné – se plaçant du même coup à l'abri des réactions radioactives en chaîne ? Bon, il faudrait discuter de tout ça avec la production. C'est un film qui coûterait assez cher, oui, mais Spielberg, ce n'est pas un perdreau de l'année, non plus. Et puis Lyon, c'est quand même la ville des frères Lumière. Non, franchement, je la sens bien cette affaire.

Oh, ça fait pas de mal de rêvasser un peu.

À défaut d'un ouragan nucléaire, quelques légers flocons de neige s'abattent sur la ville aujourd'hui. Sur le seuil du musée, un agent de sécurité vapote à l'écart des portes battantes. Je lui lance : « Alors, c'est vous le capitaine ? » Il me répond : « Ah non, je ne suis qu'un matelot, moi. » J'apprends qu'il occupe cette place depuis l'ouverture des lieux, en 2014. Comme je tente de le cuisiner sur son expérience, ce qu'il vit et ce qu'il voit depuis son promontoire, il m'invite à aller me renseigner auprès de l'accueil de l'établissement. Mais c'est lui qui m'intéresse. Et, non, je ne veux pas rentrer. Depuis le début, je m'impose de ne pas le faire. Mon projet, c'est le musée sur son socle, le musée comme s'il était la pièce d'une collection, une collection qui serait ni plus ni moins que la ville de Lyon. Dans un musée, à de rares exceptions près, on reste à distance des œuvres, on tourne autour, on *touche avec les yeux*, mais on ne pénètre jamais à l'intérieur. Le gardien m'explique qu'il n'est pas employé par le musée mais par un sous-traitant, la société Samsic. Il me concède que le paysage n'est pas désagréable au quotidien, cette vue dégagée sur la rive gauche du Rhône, qui permet d'admirer, de part et d'autre du fleuve, la basilique de Fourvière, la tour Incity (la gomme) et la tour Part-Dieu (le crayon). Nous sommes en semaine, ce n'est pas la grande affluence. Deux personnes passent les portes et je me demande si ce ne sont pas les amoureux de l'autre jour. Il faut dire qu'ils étaient tellement scotchés l'un à l'autre que je n'ai pas réussi à voir leurs visages. Le gardien rentre pour les accueillir, me laissant seul dehors.

Ce n'est pas tant la neige qui m'embête que ce vent froid et cinglant. En redescendant les escaliers je décide de me réfugier sous le pont, à l'abri de l'A7, à l'ombre de l'autoroute du Soleil, tiens. Un homme fait la manche au feu en face de la station-service BP, je m'assieds à ses côtés, un check en guise de salutation. Il ne parle pas un mot de français et on tente un échange dans un idiome impossible et frustrant, je crois comprendre qu'il vient de Roumanie avec sa femme et ses deux enfants et qu'ils vivent ici, c'est-à-dire dans les cabanes sous le pont, depuis trois ans. Un peu plus tard, après avoir traversé la chaussée, un type occupé à regonfler les pneus de sa voiture m'interpelle : « T'es qui, toi ? Pourquoi tu leur parles à ces pouilleux ? » Je ne réponds pas. C'est à lui que je n'ai pas envie de parler. Je m'approche en bordure de la station-service d'une grande boîte en métal de couleur jaune d'œuf, plutôt un casier qu'une boîte, ou tout simplement une consigne. C'est d'ailleurs sa fonction. Une consigne auprès de laquelle on vient retirer des colis commandés sur Amazon. Je n'avais jamais entendu parler de ce truc, qui a un nom : Amazon Locker. Un écran permet de scanner son code-barres ou d'entrer un numéro d'enregistrement. Je n'ai rien commandé, donc rien à retirer. L'abruti qui regonfle ses pneus continue de m'invectiver : « Non mais t'es un paumé, toi. C'est pas une machine à sous. Fais pas semblant. Tu fais semblant, ça se voit. Non mais t'es qui, franchement, t'es qui, toi ? T'es le Bon Samaritain ? »

Le Bon Samaritain… Comme il dirait le père Noël.

Je l'ignore et je me sauve. Je fais une pause sous un abribus dont j'apprends qu'il n'est plus desservi *: L'arrêt « Musée des Confluences » en direction d'Oullins est déplacé à l'arrêt de la ligne C7 situé 85, quai Perrache.* Je reprends mon chemin pour longer sur ma gauche le terrain vague qui accueille à l'automne les chapiteaux du cirque Medrano, et je remonte le quai Perrache en direction de la gare du même nom.

Il faut que je vous fasse un aveu, il y a quelques jours je suis allé m'enfermer pendant plus de cinq heures dans une bibliothèque. Je sais que de nombreux auteurs, quand ils préparent un livre, s'adonnent à ce qu'ils appellent des « recherches ». Et bien souvent, ces recherches s'effectuent « en bibliothèque ». Je n'ai jamais fait ça. Je ne fréquente ces endroits qu'avec mes enfants. Je ne me sens pas à l'aise dans les rayons adultes, au milieu des retraités qui lisent la presse et des étudiants absorbés par de gros ouvrages. Mais pour ce livre, j'ai voulu tenter l'expérience.

J'ai choisi un établissement du 3e arrondissement, une table à l'écart, et après un petit temps d'acclimatation je suis parti en quête du secteur Histoire, pour m'arrêter devant le rayon consacré à Lyon et ses environs. J'ai commencé à potasser quelques beaux bouquins reliés : *Lyon, d'Ors et de Lumières* ; *Les Mystères du Rhône* ; *Richesses et Visages de Lyon*... Une avalanche de photos et d'anecdotes sur le quartier Saint-Jean, Paul Bocuse, Guignol, la quenelle et les frères Lumière, mais sur la Confluence, pas une ligne. J'ai affiné mes recherches, optant pour des travaux de plus en plus sérieux, techniques, austères, et j'ai fini par dénicher quelques informations éparses, un paragraphe ou une page par-ci par-là, mais le bilan est sans appel, c'est clairement le quartier sur lequel il existe le moins d'écrits. Peut-être tout simplement parce que, pendant longtemps, il n'y avait rien à cet endroit. Rien du tout. Ni place, ni route, ni quartier, puisque tout était sous l'eau.

Au XVIIIe siècle, la rencontre des deux fleuves se faisait trois kilomètres plus haut, et à l'Antiquité, la Saône et le Rhône se réunissaient carrément au pied de la colline de la Croix-Rousse – en aval, ce qu'on appelle aujourd'hui la presqu'île était une succession de petites îles, dont les bras qui les séparaient ont été peu à peu comblés par l'homme. Ainsi j'ai découvert que le quartier qui nous occupe est sorti de terre il y a moins de trois cents ans, sous l'impulsion de l'ingénieur et sculpteur Antoine-Michel Perrache, à l'occasion d'un chantier colossal qui a consisté à déplacer le lit des fleuves, assécher et remblayer les terres marécageuses et bâtir une immense digue de ceinture. Une cinquantaine d'années de travaux ont été nécessaires pour stabiliser le terrain, avant qu'on y installe toutes sortes d'équipements dont on souhaitait épargner les habitants du centre-ville : la prison Saint-Joseph, l'usine à gaz, de multiples entrepôts et fabriques polluantes (de plâtre, de couvertures, de vitriol...), et puis le marché aux bestiaux et les abattoirs (dont la relocalisation dans la halle Tony-Garnier interviendra bien plus tard). La construction de la gare Perrache a achevé d'isoler les lieux, du fait de l'édification de trois voûtes de six mètres de hauteur pour compenser la différence de niveau entre les rives de la Saône et du Rhône. Le quartier était alors appelé « Derrière les voûtes ». Le tri postal et le marché de gros ne se sont implantés qu'au XXe siècle, au cours duquel le sud de la presqu'île est devenu le centre de la prostitution lyonnaise, avec tout ce qui l'accompagne : trafic d'armes, de drogue, etc. On m'a parlé de quelques émissions de télé sur le sujet, sur l'époque des estafettes blanches et des rixes entre dealers, maquereaux, flics et clients, des émissions que je n'imagine pas des plus subtiles, tout en racisme déguisé et visages floutés, bon, je préfère passer mon tour. Dans les années 1990, un grand projet de reconversion est lancé, son objectif : désenclaver et urbaniser le secteur. Le marché de gros a été délocalisé à Corbas, tout comme les prisons Saint-Paul et Saint-Joseph, dont les bâtiments abritent désormais l'université catholique. Le centre de tri postal a été remplacé par les archives municipales. L'ancien quartier malfamé a muté en terrain de jeu pour architectes inventifs et originaux (et un brin mégalos) à qui on a confié la construction du nouvel Hôtel de Région, d'un gros centre commercial et bien sûr, de notre fameux musée. Il reste encore du boulot, puisqu'à terme l'autoroute sera déplacée vers l'ouest lyonnais et la gare Perrache entièrement réaménagée, de façon à permettre une circulation à pied en continu sur toute la presqu'île. D'ailleurs, le nouveau quartier est présenté comme un modèle d'écologie, couronné du label Concerto pour la faible consommation en énergie de ses bâtiments et classé quartier durable par le WWF. Mazette.

Mais revenons au présent, et à ma promenade le long du quai Perrache, où le chantier de l'ancien marché de gros résonne du bruit des disqueuses et des coups de marteaux et des voix portantes des ouvriers. Un système rusé de palissades pédagogiques nous apprend que sur le site se tiendront bientôt un espace destiné à révéler notre *workside – No coworking, no flex office, no open space : Just reveal your workside* (nous voilà prévenus) –, un immeuble de bureaux *incroyablement novateur : Lumen et son ouftop, conçu pour une à mille personnalités ou une à mille personnalisations* (comme on dit chez moi : oui, il y a des gens qui sont payés pour écrire ce genre de conneries), un îlot *Santé bien-être*, qui promet *une nouvelle façon de concevoir la ville, plus intelligente et respectueuse de l'environnement* (je vous l'avais dit), et enfin, un *parking souterrain mutualisé*, qui promet quant à lui *le partage des places entre habitants, salariés et visiteurs, tout en répondant aux besoins de chacun* (imparable). Je profite d'un portail ouvert pour m'aventurer entre les bungalows et les nacelles Loxam, les pelleteuses Caterpillar et les grues qui affichent les enseignes des promoteurs (Linkcity, Bouygues). Personne ne vient m'embêter, on doit me prendre pour un électro ou un plaquiste, un de ces artisans qui chaque jour garent leur utilitaire sur ce parking où quelques arbres et arbustes tentent une percée en marge d'un genre de grand dépotoir, et c'est alors qu'un gros rat me file entre les jambes et se réfugie sous les voitures rangées le long de la rue Casimir-Périer et son Supermercado Portugal à la devanture désuète, à côté duquel le restaurant L'Étoile du Vercors nous vante en liseré d'un store déroulant son « bon saint-marcellin », deux commerces qui ne collent plus à l'esprit ni au style des lieux. J'enjambe quelques flaques d'eau boueuse pour gagner la sortie du chantier et rejoindre le cours Bayard, où je m'installe au comptoir de La Crique et entame une discussion avec une dénommée Patricia, qui m'apprend que Confluence est devenu le quartier le plus cher de Lyon.

« Mais ils ont quand même appliqué le pourcentage de logements sociaux. Quand les occupants sont arrivés, certains proprios ont revendu leur appartement. Ils ont pris peur. Ils n'imaginaient pas qu'ils allaient devoir vivre avec des pauvres… »

Je finis mon café en regardant le tirage de l'Amigo, puis traverse le cours Charlemagne au niveau du magasin Lidl. Pour une fois, je rentre chez moi par les quais de Saône.

Entre le centre commercial et le pont de l'A6, les péniches privées s'appellent ici *Rrose Sélavy*, *La Friponne*, *L'Oiseau bleu*, *Fort Rêveur*. En comparaison du Rhône, cette rivière est si paisible qu'on dirait un lac de montagne. La surface de l'eau est un vrai miroir, les reflets des néons des bars et des discothèques du Vieux Lyon sont seulement brouillés par le passage des cygnes et des canards.

Juste avant la passerelle Saint-Vincent, une péniche de fret chargée de plusieurs tas de sable vient tout effacer. La Saône s'agite, de petites vagues se mettent à taper sur les berges. En m'écartant pour ne pas me faire tremper, je me prends les mollets dans la laisse qui relie un tout petit chien à son gros maître, je suis à deux doigts de m'étaler par terre. Le gros type est plutôt commode, il se marre. Le chien est un chien, il aboie. Je leur souhaite à tous les deux une bonne soirée. Que d'aventures !

Quand j'ai choisi d'écrire sur le musée, une de mes premières interrogations portait sur le nettoyage extérieur du bâtiment. Comment ça se passe ? Qui s'en occupe ? Je rencontre Yannick et Florian, deux employés de la société Everest (ça ne s'invente pas), sur le temps de leur pause-café. Contrairement à ce que j'imaginais – et contrairement aux membres de la société Onet, qui se chargent de l'entretien intérieur –, ils sont aussi experts en lavage de vitres qu'en maçonnerie, zinguerie ou soudure. Leur spécialité, ce sont les travaux en hauteur. Ils interviennent partout où l'on ne peut installer ni échafaudage ni nacelle, les endroits a priori inaccessibles. Leur principal outil de travail, c'est la corde, ils se présentent d'ailleurs comme techniciens cordistes. Au départ, ce type de boulot était l'apanage d'anciens alpinistes, mais ce n'est le cas ni de Yannick ni de Florian – à peine concèdent-ils avoir pratiqué un peu d'escalade à l'adolescence. « Ça ressemble beaucoup plus à la spéléo », précise Florian. La méthode revient en effet à attacher deux cordes, une de sécurité et une de travail, à un point d'ancrage, c'est-à-dire un point de fixation normé, testé à deux tonnes cinq, après quoi ils descendent en rappel le long de la paroi. Mais sur beaucoup de bâtiments, le nombre de points est insuffisant. Au musée, c'est sur le cristal que les deux techniciens rencontrent le plus de difficultés pour s'harnacher. Ainsi, une grande part de leur action consiste à inventer des solutions sécurisées à base de sangles et mousquetons.

« Parfois on passe des semaines à chercher, et on finit toujours par trouver, on ne fait jamais les choses à l'arrache, mais on perdrait moins de temps si les bâtiments étaient plus adaptés. »

Ensuite, munis d'un mouilleur et d'une raclette, ils passent à la phase de nettoyage.

La seule partie du cristal représente 5 200 mètres carrés de vitres, à multiplier par deux car ils s'occupent aussi de la face intérieure. C'est dehors que le verre est le plus sale, du fait de la pluie et surtout du vent du sud, qui remonte toute la vallée du Rhône et transporte énormément de sable avec lui. Le calcaire s'incruste vite, d'où la nécessité d'intervenir deux fois par an – pour des sessions d'une durée d'un mois et demi, auxquelles Yannick participe depuis l'ouverture du musée. Pour le revêtement du nuage, c'est une autre paire de manches : « On s'est rendu compte que les plaques d'inox réagissaient mal aux effets de la pollution. C'était un nouveau matériau, et la seule fois qu'ils s'en étaient servi, c'était pour un bâtiment en pleine campagne. Côté fleuve, ça se passe à peu près bien, mais côté autoroute, la façade noircit beaucoup trop vite. » Alors, pour nettoyer le nuage, ils appliquent un mélange d'acide, avant d'arroser le tout au karcher.

« Pour le socle, vous faites comment ?

– On ne s'en occupe pas. C'est pas pour nous, ça. »

J'en profite tout de même pour les interroger sur l'absence quasi totale de graffitis sur le béton brut, au cas où ils aient une explication.

« À cause des caméras, bien sûr. Il y en a partout. Des caméras qui arrivent à lire ce que tu écris sur ton téléphone à plus de trois cents mètres de distance. Ils filment tout, ils voient tout. Celui qui arrive avec ses bombes de peinture, il est tout de suite repéré. »

À Lyon, les deux techniciens interviennent aussi sur la tour Incity, dont certaines vitres en verre trempé éclatent à cause de défauts de fabrication, sur la tour panoramique de la Duchère ou à la Cité internationale, pour le nettoyage des surfaces mais aussi pour rechercher une fuite, combler un éclat de béton ou remplacer une gouttière ou des joints d'étanchéité.

Comme on arrive au bout de notre conversation, Yannick me lâche : « Tu veux aller faire un tour sur le nuage ?

– Sur le nuage…

– On peut monter là-haut, si ça te dit.

– Ah bah… avec plaisir, oui. »

J'avais pourtant promis de ne pas rentrer, de ne pas toucher, mais l'occasion est trop belle, ce serait idiot de refuser.

On pénètre dans le musée par une porte de service à la base du socle, puis on prend l'ascenseur jusqu'à la terrasse du snack, d'où on emprunte un deuxième ascenseur, qui nous dépose cette fois sur le toit du bâtiment. Puis on traverse tout un champ de panneaux solaires avant de gagner les rebords. Côté route, le bruit de la circulation semble décuplé, ce que Yannick et Florian me confirment : « Entre le vent et le bruit, c'est souvent infernal. » La vue est évidemment imprenable.

« On commence nos journées à six heures, pour travailler le plus possible avant l'ouverture des portes au public. On assiste chaque matin au lever du soleil sur le Rhône, on a tous une belle collection de photos… »

Je leur demande si des oiseaux viennent construire leur nid sur les cimes en inox, mais non, ils n'en ont jamais vu. « Les pigeons et les mouettes ne se posent pas sur le toit. » Un gros arbre touffu, c'est quand même plus accueillant. Mais la situation est plutôt agréable. Ce qui me plaît particulièrement, c'est la sensation d'isolement que ça procure. Autour de nous la ville grouille de toute part, et on a pourtant l'impression d'être caché, reclus, tranquille. La sensation d'inédit, aussi – c'est pas tous les jours qu'on peut marcher sur un nuage. Quelques saveurs de l'adolescence remontent, la période du lycée, où les week-ends on partait à l'assaut de lieux interdits : maisons abandonnées, toits-terrasses d'usines… Je me rapproche un peu plus près du bord. Quand je pense que tout à l'heure j'ai osé leur demander s'ils ont le vertige – autant demander à Laure Manaudou si elle sait nager…

Moi, le vertige, je l'ai un peu. Pas trop envie de m'éterniser. Il est temps d'accoster, et, pour Yannick et Florian, de s'y remettre. Le musée de haut en bas, je n'ai rien le temps d'en voir. Après avoir salué mes hôtes, je quitte le navire.

En regagnant la terre ferme, je fais un dernier tour des lieux, une dernière balade jusqu'à la pointe du territoire, jusqu'à l'extrémité de la cité. Je retrouve la petite voie pavée, avec cette paire de rails qui entre dans l'eau exactement là où les deux fleuves s'unissent. Juste en face de moi s'élèvent trois colonnes en béton, voyantes, colorées, rayées d'orange et de vert. Je pose mes pieds sur chacun des deux rails et me lance à l'assaut des trois piliers comme muni de patins, en glissant sur les semelles.

Comme si j'étais un train, ou plutôt un bateau. Un bateau-mouche, forcément.

Je commence à sentir mes chaussures et mes chaussettes se gorger d'eau.

Si j'avais su, j'aurais pris des pompes de rechange. Une serviette de plage.

Un maillot de bain, peut-être, aussi.

Des palmes, un masque et un tuba…

« Excusez-moi… Tout va bien ? »

Je ne réagis pas.

« Monsieur, faites attention, quand même… »

Une voix dans laquelle je note une pointe d'accent hispanique.

« Je ne voudrais pas vous embêter mais… »

Bon, d'accord, je me retourne… sur une jeune femme en tenue de sport, qui me regarde avec un brin de méfiance.

« Vous vous prenez pour Jésus ou quoi ? »

Elle est marrante.

Quant à l'eau du fleuve, elle est un peu frisquette. Allez, hop, je sors.

J'explique à la joggeuse que je voulais voir de plus près les trois colonnes, dont je me demande d'ailleurs quelle peut bien être la fonction.

« Ce sont des marqueurs pour la navigation fluviale, me lâche la jeune femme tout naturellement. Il faut savoir que les rails de l'ancien barrage écluse de La Mulatière se prolongent sur plusieurs mètres au niveau de la pointe, ces piles sont là pour signaler la présence d'un haut-fond…

– Eh bien, vous êtes sacrément informée.

– Je connais pas trop mal les lieux. Je travaille ici. »

Elle désigne le bâtiment derrière elle.

« Au musée ?

– Je suis médiatrice. J'anime les visites guidées.

– C'est super, ça… »

Je me rapproche d'elle. Quand je marche, ça fait splatch, splatch. J'ai l'air fin…

Comme les nettoyeurs de l'extrême mais aussi comme les agents de sécurité, elle n'est pas employée directement par le musée mais par un prestataire, Muséa. Elle est née à Madrid et vit en France depuis cinq ans. Elle parle quatre langues.

« Vous l'avez déjà visité ? » me dit-elle.

J'hésite à évoquer mon petit bouquin, la raison de ma présence ici. Mais j'ai peur qu'elle me balance auprès de l'équipe : *Dites donc, l'auteur que vous avez invité, je l'ai vu marcher dans l'eau tout habillé, il est un peu barjo, non ?*

Alors je ne dis rien.

« Je suis déjà venu, une ou deux fois.

– Vous avez aimé ? »

Sa question, pourtant banale, me met un peu mal à l'aise.

Est-ce que j'ai aimé…

Je repense à ce que je disais à propos des bibliothèques, que ce sont des lieux qui m'intimident. Je pourrais le dire aussi à propos des musées.

Je n'y avais jamais pensé, mais c'est peut-être pour ça que j'ai fait ce choix de rester en dehors du bâtiment. Je me sens mieux à tourner autour, à papoter avec les gens qui passent, qui dansent, qui pêchent, qui travaillent, qui font la manche.

Je n'ai rien contre les musées, hein, mais je dois bien avouer qu'en général, je me souviens plus du musée en lui-même que de ce qui y est exposé. Je me souviens plus de l'ambiance que dégagent les lieux, de l'espace, de la lumière, de la taille des pièces. Je me souviens du bâtiment et de la vue qu'il propose, je me souviens même du restaurant, de la boutique souvenirs, des toilettes. Comme dans une église, les deux ou trois peintures, je ne les vois pas, même les vitraux, je m'en fous. Comme à l'école, aussi. Il y a ceux qui sont intéressés par le contenu des cours, et ceux qui sont intéressés par les copains, la vie dans l'établissement. Moi, je préfère la vie.

Je n'en veux pas à ceux qui, entre deux sculptures de Rodin, se plantent face à une fenêtre pour contempler les travaux dans la rue. Je n'en veux même pas à ceux qui sortent le bras à selfie devant un autoportrait de Van Gogh. Je les comprends.

Mon père était plutôt un amateur de ce genre d'endroit, les musées, les bibliothèques, les salles de spectacle. Pour lui, c'était un lieu de drague. Il ne s'intéressait pas qu'aux œuvres, mais aussi aux gens autour de lui, aux autres visiteurs, aux autres spectateurs.

Quand je dis que je préfère la vie, c'est différent de mon père. Il serait plus juste de dire que je préfère observer la vie.

Mais la question de la jeune joggeuse ne portait pas sur les musées en général, seulement sur celui qui s'élève juste devant nous.

Est-ce que j'ai aimé le visiter...

« Plutôt, oui. Enfin, je le trouve quand même un peu morbide...

– Morbide ?

– Quand on y pense, il abrite un paquet de cadavres, non ? Tous les squelettes, tous les animaux empaillés, tous les insectes épinglés, toutes les momies...

– C'est pas faux.

– Les espèces menacées. Celles qui ont disparu. Il y a même des œufs de dinosaure fossilisés, dans mon souvenir.

– Des œufs de sauropode, qui datent du crétacé. Ils sont présentés sous le grand squelette du camarasaurus, un squelette complet à plus de quatre-vingts pour cent, ce qui est très rare. En comparaison, le mammouth de Choulans, dans la salle mitoyenne, c'est du cinquante-cinquante.

– Vous voulez dire que certains squelettes ne sont même pas authentiques ?

– C’est toujours le cas. On ne retrouve pas un squelette entier.

– En fait, c’est un grand sarcophage, ce musée. Le sarcophage des sarcophages…

– C’est le principe d’un musée d’histoire naturelle. On est tourné vers le passé. Mais les collections permanentes font souvent écho à des événements actuels. Le passé, le présent…

– Le futur ?

– Le futur, on pourrait dire qu’il est là, devant nous. Le futur c’est l’enveloppe. C’est tout ce qui se passe autour. Les skateurs, les danseurs, les enfants qui se baignent dans les bassins en été. Les shootings de mode et les cours de sport un peu bizarres. Ça me semble une bonne manière de justifier l’aspect du bâtiment. C’est vrai qu’il ne dit rien de ce qu’on trouve à l’intérieur. Il en serait alors un contrepoint, ou un complément. À la fin de mes visites, j’aime bien demander aux gens ce qu’ils en pensent, ce qu’il leur inspire. Il y a parfois des interprétations étonnantes. À vous, qu’est-ce qu’il vous évoque ? »

J’ai envie de lui dire que normalement, c’est moi qui pose cette question.

« Souvent, on me répond un vaisseau spatial, ou bien un animal… »

J’ai envie de lui dire que ça pourrait être les deux à la fois. Mais j’hésite, je ne trouve pas les bons mots, et je me contente de hausser les épaules.

Elle commence à s’agiter. Elle s’apprête à reprendre son footing.

« Je vous souhaite une bonne journée, monsieur. »

Et la voilà qui repart en trottinant.

Je reste planté là, toujours les pieds mouillés.

Dans mon dos, les deux fleuves n'en font plus qu'un.

Devant moi, le musée me donne l'impression d'une créature accablée, résignée, avec ses gros poteaux et sa tête penchée.

J'ose quelques pas en avant. Splatch, splatch. Plus je me rapproche et plus l'édifice semble se redresser. Il retrouve contenance, il se remet d'aplomb. Splatch, splatch, splatch. Il a l'air en flexion, maintenant. Splatch, splatch. Posé sur son nénuphar de béton armé. Splatch. Telle une grenouille de l'espace sur le point de s'envoler.

mars 2021

REMERCIEMENTS

Puisque j'aurais été bien incapable d'écrire ce livre en restant tout seul chez moi, je veux remercier très chaleureusement toutes les personnes que j'ai eu la chance et le plaisir de rencontrer au cours de mes journées et soirées à traînasser au pied de cette grande grenouille argentée. Je remercie aussi l'équipe du musée de m'avoir généreusement ouvert ses portes (même si j'ai décidé ensuite de rester enfermé dehors), et en particulier Solveig Zingraff, Cédric Lesec et David Comte. Merci à Laurence Bourgeon et aux éditions Cambourakis. Enfin, un grand merci à Adélaïde Fabre, sans qui ce projet n'aurait pas pu voir le jour.

DANS LA MÊME COLLECTION

L'Enfant fossile, Philippe Forest, 2014
En cheveux, Emmanuelle Pagano, 2014
S63, Jean-Bernard Pouy, 2014
Télescopages, Valérie Rouzeau, 2014
Mémoires en réserve, Bernard Plossu, 2015
La couleur venue de la terre, Régine Detambel, 2016
Hound Dog a fait un rêve, Marc Villard, 2016
Jouer à chat, Olivia Rosenthal, 2018
L'ourse qui danse, Simonetta Greggio, 2020
Fardo, Ananda Devi, 2020
Finir par l'éternité, Céline Curiol, 2021

DU MÊME AUTEUR

Polichinelle, POL, 2008, Folio, 2010

Michael Jackson, POL, 2011, Folio, 2012

L'Étoile du Hautacam, POL, 2016

L'Homme des bois, POL, 2017, Folio, 2018

Les Enfants des autres, POL, 2020

Le Roman de Jim, POL, 2021

La publication de cet ouvrage a bénéficié du mécénat de Fairlight.

À LA POINTE
de Pierric Bailly
a été achevé d'imprimer en septembre 2021
sur les presses de l'imprimerie Jelgavas Tipogrāfija.

Musée des Confluences
86, quai Perrache
69002 Lyon
www.museedesconfluences.fr

David Comte, responsable du service communication,
promotion et éditions
Solveig Zingraff, chargée des productions éditoriales
Agence Et tuttiquanti, conseil littéraire

Éditions Cambourakis
62, rue du Faubourg-Saint-Antoine
75012 Paris
www.cambourakis.com

Dépôt légal : octobre 2021.
ISBN : 978-2-36624-617-9
Imprimé en Lettonie.